大石圭
つのだじろう 原作

小説

恐怖新聞

Horror Papers

APeS
Novels

目次

装幀・本文デザイン
松田行正＋杉本聖士

組版　株式会社 明昌堂
校正　株式会社 鷗来堂

小説　恐怖新聞

プロローグ

祖母が亡くなったのは、雪国の長い冬があと少しで終わろうとしていた頃だった。

入院中の祖母がいよいよ危ないという連絡を受けて、わたしたち家族は新潟《にいがた》市内の自宅から三十分ほどのところの総合病院へと向かった。母の母である祖母は、その五日ほど前から意識が混濁《こんだく》していて、二日前の夜には昏睡《こんすい》状態に陥っていた。

あの年の新潟は何度も豪雪に見舞われていた。あと一週間ほどで四月を迎えるというのに、その日も朝から雪が降り続いていた。

病院へと向かう車の中では、ほとんど誰も言葉を口にしなかった。いつもは口うるさい母や姉も無言のままで、フロントガラスに吹きつける雪をワイパーが規則的に振り払う音だけが、幼いわたしの耳に絶え間なく入ってきた。

わたしは病院に着くまでのあいだずっと、父が運転するワゴン車の後部座席で両手を強く握り合わせていた。

まだ幼稚園児だったわたしが、死というものをどこまで理解できていたのかはわからない。それでも、不気味で、おぞましくて、忌まわしい何かが、祖母をわたしから永久に奪ってしまうのだということは感じていたのだろうと思う。

わたしたちが病室に駆け込んだ時には祖母はまだ息をしていた。スー、ピー、スー、ピーという音を立てて、規則正しい呼吸を繰り返していた。

ふくよかだった祖母は、ひどく痩《や》せてしまっていて別人のようだった。顔は蒼白《そうはく》で血の気がまったくなかった。

あの時、病室にいたのはわたしの両親と姉、それに祖母の夫である母の父親だった。東京《とうきょう》で暮らしている母のふたりの妹はまだ到着していなかった。

祖母の寝息が途絶えたのは、間もなく正午になろうという頃だった。

「お母さん、しっかりしてっ！　お母さんっ！　お母さんっ！」

ベッドのすぐ脇にいた母が祖母に覆いかぶさり、痩せ衰えた体を強く揺り動かした。

その瞬間、祖母がわずかに首を仰《の》け反《ぞ》らせるようにして息を吸い、その息を深呼吸する時のように吐き出した。

スーッ……ハーッ………。

そして、それが祖母の六十三年の人生で最後の呼吸となった。

「おばあちゃんっ！　おばあちゃんっ！」

三つ年上のわたしの姉が、甲高い声で叫びながら祖母の体にしがみついた。姉の大きな目からは涙が溢《あふ》れていた。

「お母さん、目を覚ましてっ！　お母さんっ！　お母さんっ！」

あの時、母の目からもぽろぽろと涙が溢れていた。気丈な母が泣いているのを見たのは、あれが初めてだった。

いつも明るい祖父も涙ぐんでいた。父は泣いていなかったけれど、整ったその顔には沈痛な表情が張りついていた。

そんな家族の様子を、わたしは病室の片隅で身を硬くして見つめていた。

「先生を呼んできます」

少し前から病室にいた若い看護師の女性がそう言うと、足早に病室を出て行った。

わたしの目に不思議なものが飛び込んできたのは、ちょうどその時だった。

そう。看護師が病室から出て行ったまさにその時、呼吸を止めた祖母の体から白い煙のようなものが立ち上り始めたのだ。

それは電子レンジの中で温められた食品から湯気が出るのとよく似ていた。

白い煙は次々と湧き出し、やがて祖母の上でひとつにまとまった。そして、祖母の体と同じくらいの大きさになった白い煙の塊が、ふわりと浮かび上がって天井へと向かっていった。

「お父さん、あの煙は何なの？」

わたしは病室の天井付近に浮かんだ白い煙の塊《かたまり》を指差し、すぐ脇にいた父に訊《き》いた。

「何のことだい？」

わたしが指差したほうに視線を向けた父が不思議そうな顔で言った。

「ほらっ、あの白い煙よ」

「桜子《さくらこ》、お前、いったい何のことを言ってるんだい？」

「あれよ。あの煙よ。お父さんにも見えるでしょう？」

天井の白い煙の塊をなおも指差し、じれたようにわたしは言った。

「桜子、おかしなことを言わないで。煙なんて、どこにもないじゃない？」

涙に濡《ぬ》れた目を吊《つ》り上げるようにして、母がわたしを見つめた。

「見えないの？　あれが本当に見えないの？　お姉ちゃんとおじいちゃんには見えるよね？　ほらっ、あれよ。あそこに浮かんでいる煙よ」

天井付近を執拗《しつよう》に指差し、わたしは病室にいたほかの家族に尋ねた。

けれど、誰もが首を傾《かし》げるばかりだった。

そう。わたし以外の人には、あの白い煙が見えていなかったのだ。

すぐに病室にさっきの看護師と、まだ若い男の医師が駆け込んできた。医師は閉じていた祖母の左右の目を指で順番に開き、小さなライトで眼球を照らした。その後は聴診器を祖母の胸に当てた。

「ご臨終です」

沈痛な表情で医師が告げ、病室に母の泣き声が響き渡った。

けれど、そのあいだもずっと、わたしは天井付近に浮かんでいる白い煙を見つめていた。煙は絶えず動いていた。それはまるで命を持っているかのようだった。

病室の窓の外では相変わらず、降りしきる雪が風に舞っていた。空には鉛色をした雲が低く垂れ込めていた。

あのあとすぐに、姉とわたしは父に連れられて病室から出されてしまった。だから、その後、あの煙がどこに行ってしまったのかもわからなかった。

あれは今から十四年前の三月の終わりのことで、わたしはあと何日かで五歳の誕生日を迎えようとしていた。

第一章

1.

午前の最後の講義が終わった。教室を出た少女は友人たちと別れて、廊下の外れにあるトイレへと向かった。

トイレに入るとすぐに、少女はずらりと並んだ洗面台の鏡の前に立つ。そして、ポーチから化粧道具を取り出し、鏡に顔を近づけて化粧を直し始める。少女の両脇では何人もの女子大生が、ルージュやアイラインを引き直したり、マスカラやファンデーションを塗り直したりしている。

三つ年上の姉と同じように、少女も幼い頃からお洒落《しゃれ》に関心を抱いていた。姉と少女は毎朝必ず、鏡の前で小学校に着て行く服を、ああでもない、こうでもないと言いながら何着も体に当てていたものだった。

あの頃からふたりは化粧をしてみたいと考えていたし、自分をより可愛く見せたいとも思っていた。実際、母の留守中に鏡台の引き出しの化粧道具を使ってお互いの顔に化粧をし合ったり、母のネックレスやブレスレットをつけたりしたものだった。

けれど、新潟《にいがた》にいた頃には、少女も姉も思う存分にお洒落をすることはできなかった。子供たちのすることに、母がとてもうるさかったからだ。

その反動が出たというわけでもないが、東京《とうきよう》の大学に進学し、親元を離れると、姉は解き放たれたかのようにお洒落を始めた。夏休みや冬休みで帰省するたびに、姉はどんどん綺麗《きれい》になっていた。洒落た衣類をまとい、艶《あで》やかに化粧をした姉が実家に戻って来るたびに、母は目を吊《つ》り上げて姉を非難した。

少女にはそんな姉が羨ましくてたまらなかった。

少女もまた東京の大学に進学し、母から解放されると同時に、姉と同じようにお洒落に夢中になった。入念な化粧を施し、たくさんのアクセサリーを身につけ、踵《かかと》の高いサンダルやパンプスを履き、手足の爪に鮮やかなエナメルを塗り重ねるようになったのだ。

アイシャドウを塗り直しながら、少女は鏡に映った自分の顔を見つめる。

鏡の中の顔は、少女の目にもとても愛くるしく映る。目が大きく、鼻の形がよく、ふっくらとした頬と厚みのある柔らかな唇が魅力的だ。肌の色は抜けるように白くて、とても滑らかで、肌理《きめ》が細かい。

鏡を見つめたまま、少女は少し首を傾《かし》げて微笑《ほほえ》んでみる。

そんなふうに笑うと、つややかなルージュに彩られた唇のあいだから白く揃《そろ》った美しい歯が覗《のぞ》く。栗色《くりいろ》に染めた髪の中で、フープ型をした大きなピアスが揺れる。

化粧直しを終えてトイレを出た少女は、パンプスの高い踵をわずかにぐらつかせながら、恋人と待ち合わせているキャンパスの中庭へと向かう。

きょうは天気がとてもいい。ほとんど真上から照りつける初夏の太陽が、少女の足元に短い影を刻みつけている。

新潟にいた頃の少女は、ミニスカートもショートパンツも穿《は》けなかった。ノースリーブやタンクトップもご法度《はっと》だった。肌を露出することを母が禁止していたからだ。

けれど、上京してからの少女は、頻繁にミニスカートや、ショートパンツを身につけている。きょうも少女が穿いているのは、デニム地の濃紺のミニスカートで、その丈はほんの少し腰を屈《かが》めたら下着が見えてしまうほどに短い。

キャンパスのいたるところで、色とりどりの花が鮮やかに咲いている。南から吹く暖かな風が、少女の長い髪を優しくそよがせていく。四月にしては、きょうは気温がかなり高くて、日向《ひなた》に出ると汗ばむほどだった。

いよいよあしたからゴールデンウィークが始まる。ゴールデンウィークには恋人とふたりで、映画館に行ったり、買い物をしたり、お洒落なレストランで食事をしたり、彼の父親から車を借りてドライブをしたりする予定だった。

一日に何度もそうしているように、少女はまた恋人の無邪気な笑顔を思い浮かべる。

何て幸せなんだろう。わたしだけがこんなにも幸せでいいのかな？

待ち合わせのベンチに向かいながら、少女はそんなことを考えていた。

胸をときめかせて恋人との待ち合わせ場所に向かっている少女の名は、早川桜子《はやかわさくらこ》。年は十九歳。都内の私立大学の国文科の二年生だ。

早川桜子は新潟市内で生まれ、去年の春に上京するまでそこで育った。

桜子の生まれた三月の終わりには、故郷の新潟ではまだソメイヨシノは咲いていない。けれど、東京で生まれ育った父が、ちょうど千鳥ヶ淵《ちどりがふち》で咲いていた満開のソメイヨシノを思って桜子という名前をつけたのだと聞いている。

同じ三月に生まれた三つ年上の少女の姉にも、父は同じ理由から菫子《すみれこ》という名をつけた。文学青年だったという父は、繊細でロマンティックな人だった。

その父は今、新潟の県立高校で国語の教師をしている。東京の大学で知り合った母と結婚するために、大学を卒業すると同時に父は東京を離れた。そして、新潟で教師として働き始め、やがては婿養子として母と結婚したのだ。

早川というのは母の姓だった。父の実家は東京四谷《よつや》の老舗《しにせ》の和菓子屋だったが、その店は今、父の兄が継いでいる。

父と同じ大学を卒業した母は、桜子が生まれるまでは新潟市内の中学校で、やはり国語の教師として働いていた。桜子が生まれて、母はいったん学校を辞めた。だが、桜子が小学校に上がったのを機に中学校に復帰し、今も国語の教師として働いている。

夢見がちな父とは対照的に、母は合理的にものを考える人だった。母は勝気《かちき》で、気が強く、誰に対しても言いたいことをはっきりと口にした。

ふたりの娘たちと同じように、母は肌理の細かい肌をした美しい女《ひと》だった。母はいつもきちんとした装いをし、自宅にいる時にも入念に化粧をしている。だが、娘の躾《しつけ》には厳しくて、娘たちがお洒落をすることを嫌がった。「学生の本分は勉強をすることで、男の目を気にしてチャラチャラすることではない」というのが母の言い分だった。

桜子が文学部に進学したのは、本が好きだったからだ。中学生だった頃も、高校生になってからも、時間があれば図書館に通っていた。

去年の春に上京してからの桜子は、世田谷《せたがや》区内のマンションの十一階の1DKにひとりで暮らしている。両親は杉並《すぎなみ》区のマンションに住んでいる姉と同居させたがったのだが、両親に内緒で恋人と同棲《どうせい》している姉が頑としてそれを拒んだからだ。

三つ年上の姉のことを慕ってはいたけれど、同居せずに済んだことに桜子はホッとしている。口やかましい姉と一緒に暮らしたら、様々なことを命じられ、ずっと言いなりにさせられるのはわかっていたから。姉の菫子は母と同じように勝気で、ハキハキとしていて、姉御肌の性格だった。

母や姉とは対照的に、桜子は控え目な性格だった。明るくはあったけれど、決して出しゃばりではなく、思いやりがあり、人に意地悪をしたり、踏みつけにしたりすることは絶対にしなかった。

自分が何かを言いかけた時に、別の誰かが口を開くと、桜子はいつも必ず口をつぐんだ。

桜子はそんな性格の少女だった。

2.

桜子が待ち合わせ場所に着いた時には、井本孝二郎《いもとこうじろう》はすでにそこにいた。大きなイチョウの樹《き》の下のベンチに、長い脚を左右に広げて腰掛けていた。

駆け寄ってくる桜子を見つめ、孝二郎が日焼けした顔に嬉《うれ》しそうな笑みを浮かべる。

「ごめんね、孝二郎。待った？」

孝二郎の顔を見つめ返し、桜子は笑顔で訊《き》く。

「いや、おいらも今来たところだよ」

目を細めるようにして桜子を見つめ、孝二郎が優しい口調で言う。

孝二郎は自分のことを『おいら』と呼んでいた。小学生の頃にふざけて言い始めた癖が、大学生になった今も抜けないらしかった。彼はピザをスクーターで配達するアルバイトをしている。

桜子は笑顔で頷《うなず》きながら、細い脚を揃えてベンチに浅く腰を下ろす。そんなふうに座ると、タイトなスカートがさらにせり上がり、太腿《ふともも》のほとんどが剝《む》き出しになる。

ベンチに座った桜子は、カバンからふたつの弁当箱を取り出した。週に一度か二度、ふたり分の弁当を作り、こんなふうに孝二郎と待ち合わせて昼食をとっているのだ。

父もそうだったが、桜子もまた幼い頃から肉が食べられない。肉のにおいがどうしても好きになれないのだ。けれど、肉料理が好きな孝二郎のために、彼の弁当に桜子は必ず肉を入れるようにしている。きょうも孝二郎の弁当箱には、料理の本と睨《にら》めっこをして作った豚肉の生姜《しようが》焼きがたっぷりと詰めてあった。

「すごい！　豪勢だなあ！」

桜子から手渡された弁当箱の蓋を開けた孝二郎が大声で言い、周りにいた学生の何人かが驚いたように振り向いた。

「豚の生姜焼きは初めてだから、美味《おい》しいかどうかわからないけど……」

肉嫌いの桜子には肉料理の味見ができなかったから、食べた孝二郎が「美味しい」と言ってくれるまではいつも不安だった。

孝二郎がさっそく生姜焼きを口に運ぶ。

「うまい！　すごくうまいよ！」

孝二郎が叫ぶように言い、周りにいた学生たちがまた驚いてこちらを見つめる。

「本当に美味しい？　無理してない？」

桜子は孝二郎の切れ長の目を覗き込むかのように見つめる。

「うまいよ！　本当にうまい！　桜子は美人でスタイルがいいだけじゃなく、すごく家庭的で、料理がうまいんだな」

「そんな……褒めすぎよ」

「おいら、桜子と付き合えてものすごく幸せだよ」

嬉しそうに孝二郎が言い、桜子は照れて顔を赤く染めた。

頭上に広がったイチョウの枝のあいだから、木漏れ日がふたりを照らしている。初夏のようなその日差しに、鮮やかに彩られた桜子の爪が美しく光る。


井本孝二郎は経済学部の二年生だった。同い年の彼とは去年の四月に入会したテニスのサークルで知り合った。

井本孝二郎はハンサムで、背が高くて、筋肉質な体つきをしていた。性格は明るくて、人懐こくて、剽軽《ひょうきん》でお茶目《ちゃめ》だった。

ふたりがサークルに入会して一週間ばかりがすぎた頃に、大学近くの居酒屋で新入生歓迎コンパが催された。その時、桜子の席に歩み寄って来た孝二郎が、「早川さん、おいらの恋人になってくれないか？」と大きな声で口にした。

あからさまな告白に桜子はひどく戸惑った。周りには同じサークルの先輩や同期生が大勢いたから恥ずかしくもあった。

それでも、彼の言葉を意外だとは思わなかった。中学生の頃も、高校に通っていた頃も、桜子は男子生徒の人気の的で、告白をされることには慣れていたのだ。

けれど、桜子が異性と付き合ったことは、それまでは一度もなかった。告白を受けた男たちの中に、「本当に好きだ」と思える者がいなかったからだ。

好きでもないのに付き合うのは相手を侮辱することなのではないかと、昔から桜子はぼんやりと感じていた。

けれど、今回はそうではなかった。孝二郎を知ったばかりの時から、桜子も彼に好意を抱いていたのだ。

孝二郎は確かにハンサムで、背も高くてかっこよかった。けれど、桜子はその容姿にではなく、剽軽でお茶目で、開けっぴろげな性格に惹《ひ》かれた。いつもふざけていて、くだらないオヤジギャグや駄洒落《だじゃれ》を連発するところも気に入っていた。

コンパの席では桜子は曖昧に言葉を濁した。だが、その翌日、彼に「付き合ってあげる」と返事をした。

それを聞いた孝二郎が、文字通り、飛び上がって喜んだ。

そんなふうにして、桜子は井本孝二郎と付き合い始めた。運動音痴の桜子は三ヶ月ほどでテニスサークルを辞めてしまったけれど、孝二郎のほうは今も在籍していて毎日のように練習に励んでいた。

孝二郎とすごしている時間は楽しくて、桜子は彼とふたりでいる時にはいつも笑っている。けれど、きょうは彼の顔を見ているうちに、言いようのない不安が体の中に広がっていった。それはまるで、透き通った水の中に、一滴の黒いインクを滴《したた》らせたかのような感じだった。

嫌な予感がする。

そう。まさに、嫌な予感がするのだ。

そのことに桜子自身がドキドキとした。桜子の嫌な予感は昔からよく当たったから。

きょうも孝二郎は桜子を笑わせようと、くだらないオヤジギャグや駄洒落を連発していた。それがどんなにつまらなくても、いつもの桜子は無理に笑っていた。

けれど、きょうは心から笑うことが、どうしてもできなかった。

「きょうの桜子は元気がないぞ。何か嫌なことでもあったのか？ それとも、おいらのギャグがあまりにもつまらないのか？」

一緒にいるあいだに孝二郎は何度となくそんな言葉を口にした。

だが、桜子には何と返事をしていいのか、よくわからなかった。


昼休みを一緒にすごしたふたりは、午後の講義が始まる少し前にイチョウの樹の下で別れた。これから桜子は一号館で、孝二郎は少し離れた三号館で講義を受ける予定だった。

「それじゃあ、桜子、またな」

別れ際に孝二郎が笑顔で言った。

桜子も笑顔で応えようとした。けれど、顔が強張《こわば》って、自然に笑うことができなかった。孝二郎とすごしているあいだに、不安な気持ちがますます強くなっていったのだ。

「どうした、桜子？　おいらの顔に何かついてるか？」

孝二郎が無邪気に笑った。

「ううん。どうもしない。あの……孝二郎、午後の授業も頑張ってね」

桜子はそう言うと、可愛《かわい》らしい顔を歪《ゆが》めるようにして無理に笑顔を作った。

3.

一号館の大教室で、桜子は午後の最初の講義を受けた。江戸時代の終わりから明治初期にかけての日本の文学概論の講義で、講師はこの大学出身の女性の准教授だった。

いつものように、桜子の右側の席には中村翠《なかむらみどり》が座っている。左側は八代美鈴《やしろみすず》だった。ふたりは桜子が受けている講義のほとんどを自分も選択し、いつもこうして三人並んで受講していた。講義の合間には三人で近くのカフェや、ファストフード店やファミリーレストランに行くのが日課だった。

中村翠はいつもしっかりと化粧を施し、睫毛《まつげ》にエクステンションをつけている。ファッションもかなり派手で、たくさんのアクセサリーを光らせている。

翠は明るくて、快活な性格で、テンションが常に高く、お喋《しやべ》りで、いつも賑《にぎ》やかだった。今も翠は桜子の右側で、きのうの恋人との喧嘩《けんか》の話を延々と続けている。基本的に翠は標準語を話したが、話に夢中になるとしばしば関西弁が顔を覗かせた。

講義に集中したい桜子にとって、翠の無駄話はいつもかなり鬱陶しい。けれど、いつものように、「うん。うん」と頷きながら相槌《あいづち》を打っていた。

服や化粧品やアクセサリーを買う金を稼ぐために、翠は入学した直後から大学近くの居酒屋チェーン店でウェイトレスのアルバイトをしていた。半年ほど前からは翠に誘われて、桜子も同じ店でウェイトレスとして働いている。

いっぽうの八代美鈴は神奈川《かながわ》県鎌倉《かまくら》市の出身だった。美鈴は物静かで、思慮深い性格だった。化粧っけはなく、アクセサリーも身につけず、いつも飾り気のない服を着ている。美鈴がスカートを穿いているのを、桜子は一度も見たことがない。翠と桜子は長い髪を栗色に染めていたが、美鈴はショートカットで、髪の毛の色も黒いままだ。

美鈴は決して自己主張が強いわけではない。それでも芯は強くて、言うべきことははっきりと口にする性格だった。高校時代は美術部員だったという美鈴は、本当は美術系の大学への進学を希望していたのだという。彼女は今、桜子のマンションのすぐ近くでひとり暮らしをしている。

桜子にとって日本の近代文学に関する講義は興味深いもので、いつもはせっせとノートを取りながら講師の話に一生懸命に耳を傾けている。けれど、きょうは講義にどうしても集中ができなかった。翠の私語がうるさかったばかりではなく、嫌な予感が続いていたからだ。

それが恋人に関するものだということは、何となく感じていた。だが、具体的なことは桜子自身にもわからなかった。

4.

きょうは金曜日。火曜日と金曜日に桜子は、夕方から中村翠と一緒に居酒屋チェーン店でアルバイトをしている。居酒屋で働いていることは、新潟の両親には内緒だ。

地下鉄の駅の近くにあるアルバイト先までは、普通に歩けば大学から十分ほどだ。けれど、ハイヒールの桜子はゆっくりとしか歩けなかったから、いつもそれよりずっと時間がかかる。

翠もいつもハイヒールだったから、そんなふたりに合わせてスニーカーの美鈴もゆっくりとした足取りで歩いていた。真っすぐに自宅に戻る美鈴も、いつも駅までふたりと一緒に帰っている。

居酒屋で働くことに決めた時に、桜子は美鈴にも一緒に働かないかと誘った。しっかり者の美鈴がそばにいてくれたら心強いと思ったのだ。

けれど、美鈴は「居酒屋のウェイトレスなんて、絶対に嫌」と言って、桜子の誘いに乗らなかった。酔っ払った男たちに酒や料理を運ぶということが、美鈴には我慢できないようだった。

大学から地下鉄の駅にかけては桜並木の遊歩道が続いている。春には桜の花のトンネルを作っていた新緑の木々からの木漏れ日が、遊歩道に敷かれた赤いレンガを明るく照らしている。すでに午後五時をまわっていたが、夕暮れの気配は微塵《みじん》も感じられなかった。

桜子の嫌な予感は今もまだ続いている。孝二郎に何か悪いことが起きそうな気がするのだ。そのせいで、何をしていても落ち着けなかった。

「前から感じてたんだけどさ、店長って、桜子のことを贔屓《ひいき》してると思わない？」

桜子の右側を歩いている翠が言った。きょうの翠は白いサテンのブラウスに、ピンクのフレアミニスカートという格好をしている。

「そんなことはないと思うけど……」

ぎこちなく微笑みながら、桜子は首を傾げてみせた。けれど、男性店長に自分が特別扱いされていることは、桜子も感じている。

「絶対に贔屓してるよ。店長のやつ、桜子には面倒なことをさせないし、たちの悪い客には近づけないようにしてるし……あいつ、いい歳《とし》して、桜子に気があるんだよ」

まくし立てるかのように翠が言った。

「いい歳って、その男、いくつなの？」

桜子の左を歩いていた美鈴が翠と桜子を交互に見つめた。いつものように、美鈴は飾り気のない長袖のTシャツをまとい、擦り切れたジーパンを穿いている。

「確か……三十二か三だって聞いたけど」

夕方になっても気温は高いままで、暑がりの翠の額にはうっすらと汗が滲《にじ》んでいる。

「おじさんじゃない？　その男、結婚してるの？」

「独身らしいよ。誰かがバツイチだって言ってたなあ」

返事をしようとした桜子を遮って翠が答えた。

「バツイチ？　だったら、桜子、気をつけたほうがいいよ」

「気をつけるって……あの、美鈴……いったい、何を、どう気をつけるの？」

美鈴に視線を向けて桜子は笑った。美鈴の顔には怒ったような表情が浮かんでいる。

「だから、そういう男の前では、気を持たせるようなことはせず、毅然《きぜん》と振る舞いなさいって言ってるのよ」

子供に言い聞かせるかのような強い口調で美鈴が言った。

「気を持たせるようなことなんて、してないわよ」

桜子は頬を膨らませて抗議した。

「桜子はそのつもりじゃなくても、男たちはそう感じるのよ。桜子ったら、誰にでもニコニコしてるから、男たちは自分に気があると思うのよ」

さらに強い口調で美鈴が言い、「それは言えてるかも」と翠が笑いながら同意した。

ふたりの言葉は桜子には心外だった。だから、いつもなら抗議をしたはずだった。けれど、きょうはそんな気分にはなれなかった。


金曜日の夜の居酒屋はいつも超満員だ。桜子たちが働いている店は安いので、若い客が多い。火曜日と金曜日の夜にはいつもそうしているように、桜子は今夜も客たちに笑顔で注文を訊き、酒や料理をせっせと運んだ。

「今夜は混んでて大変だね。忙しすぎて嫌になるよ」

店の中で擦れ違うたびに、翠はそう言って顔をしかめた。桜子と同じように、翠も白い半袖ブラウスに黒いミニスカートで、黒いショートエプロンを身につけている。

「そうだね。今夜は本当に忙しいね」

うんざりしたような翠の顔を見つめ、桜子は笑顔で頷いた。

このアルバイトの面接では、桜子は厨房《ちゅうぼう》での勤務を希望した。できることなら接客をしたくなかったのだ。けれど、面接時に店長に「早川さんみたいに可愛い子には、どうしても店に出てもらいたいな」と強く請われて、しかたなく客の前に出ることになった。

明るくて綺麗で気だてがよく、働き者の桜子は、同僚の男たちのマドンナ的存在だ。一緒に働いている男たちの多くが桜子を自分の恋人にしたいと望んでいるようだった。

客の男たちの何人かは、桜子を目当てにやって来るらしかった。桜子がいない日は、客の入りが悪いと聞いたことがあった。

笑顔で働いているあいだも、不安な気持ちは続いていた。その不安を振り払うかのように、桜子はいつも以上にせっせと働いた。

5.

居酒屋を出た桜子は、いつものように地下鉄を乗り継いで自宅へと向かった。

深夜だというのに、郊外へと向かう地下鉄は帰宅するサラリーマンやOLで満員だった。吊革《つりかわ》に摑《つか》まった桜子は、目の前の窓に映っている自分の姿をぼんやりと見つめた。

居酒屋にいる時も、地下鉄の入り口に向かっている時も、プラットフォームにいる時も、地下鉄に乗ってからも、桜子はたくさんの視線を感じた。ジロジロと見る者は多くなかったが、何人かは値踏みでもするかのように桜子の全身を眺めまわした。

自分がコケティッシュな容姿の持ち主であることは、昔から桜子も知っている。胸が小さいことを別にすれば、スタイルも悪くないほうだろうと考えている。けれど、去年の学園祭でミス・キャンパスに選ばれた時にはさすがに驚いた。

父はしばしば、「桜子は可愛いなあ」と言ってくれた。けれど、母や姉から桜子が容姿を褒められたことは一度もなかった。

母は美しい人だったが、「人間は外見ではなく、内面の美しさが大切だ」という考えの人だった。姉は桜子が身につけているものや化粧の仕方を非難することはあっても、褒めてくれることは絶対になかった。

そんなこともあって、桜子は自分の容姿にいまひとつ自信が持てなかった。

だが、実際は可愛いのだ。桜子は誰もが見つめたくなるほどに可愛らしいのだ。

この一年ほどのあいだに、桜子は三回、芸能プロダクションのスカウトマンだという男たちから声をかけられた。男たちは桜子の容姿やスタイルを褒めそやし、モデルやタレントになる気はないかと尋ねた。

けれど、桜子は三回とも彼らを相手にしなかった。芸能人になりたいと思ったことは、ただの一度もなかった。

桜子は将来、両親のように国語の教師になろうと考えていた。姉のように出版社に勤務して、作家の担当をするのも悪くないとも思っている。

でも、本当は、いつか自分自身が小説家になれたらいいと考えていた。大好きなフランソワーズ・サガンのようなロマンティックな小説を書いてみたかった。

桜子が借りているのは、世田谷区駒沢《こまざわ》にあるマンションの十一階の1DKで、広さは三十平方メートルほどだった。

広いわけではなかったが、シングルサイズのベッドと鏡の大きなドレッサーと、小さなテーブルと三脚の椅子のほかには家具らしいものはなかったから、部屋はガランとしていて殺風景にも感じられた。

畳三枚分ほどのバルコニーの真下には首都高速道路三号線が見え、そのハイウェイの真下を国道二四六号線が走っている。そんなこともあって、街には常に騒音が響き渡っていたが、この部屋は防音性が高いようで、窓を閉めると騒音はほとんど入って来なかった。

桜子の両親がここを選んだのは、管理人が二十四時間在駐している上に、オートロックで治安がよさそうだったからだ。築十数年が経過しているようだったが、桜子が借りた部屋はリフォームされたばかりで綺麗だった。

新潟にいた頃には、ひとり暮らしは寂しいのではないかと危惧したこともあった。けれど、実際に生活を始めてみると、桜子にはこの気楽さが嬉しくてならなかった。ここには口うるさく桜子に指示する母や、桜子の着るものや持ち物や、化粧の仕方やヘアスタイルにいちいち口出しをする姉もいなかった。

帰宅するといつもそうしているように、桜子は浴槽に湯を張り始めた。そして、湯が溜《た》まるのを待つあいだに、鏡の前でアクセサリーを外し、化粧を丁寧に落とした。

嫌な予感が執拗《しつよう》に続いていた。

どうしたんだろう？　わたしはいったい何を不安がっているんだろう？

きょう一日で何度もしたように、桜子はまた自分に問いかけた。

化粧落としを終えると、ちょうど浴槽に湯が溜まった。脱衣所で衣類を脱ぎ捨てた桜子は、半透明のドアを開け、湯気の立ち込める浴室へと足を踏み入れた。

この部屋の浴室はそれほど広くはない。けれど、壁には大きな鏡が貼り付けられていて、浴室に入るたびに全身が映る。

白くて滑らかな皮膚に、下着の跡が仄《ほの》かに赤く残っている。豊かな胸をしている姉とは違い、桜子の乳房は思春期を迎えたばかりの少女のように小ぶりだ。けれど、それを別にすれば桜子の体には付け加えなければならないところも、削らなければならないところもまったくない。

胸の両側には肋骨《ろっこつ》がうっすらと浮き上がり、ウェストが細くくびれ、どこに内臓が収まっているのだろうと思いたくなるほどに腹部が凹《くぼ》んでいる。二本の脚は細く引き締まっていて、贅肉《ぜいにく》と呼ばれるようなものは一切ついていない。

母は昔から体重の維持に苦労していて、ダイエットばかりしている。姉も最近は体重の増加に悩まされているようだった。だが、桜子はダイエットなどしたことがないのにまったく太らない。

鏡に映った華奢《きゃしゃ》な体をほんの少し眺めてから、桜子は湯の中に薔薇《ばら》の香りのするバスオイルを数滴垂らす。美しい脚を真っすぐに伸ばして、細長い形をした白い浴槽に華奢な体を横たえる。

透き通った湯の中で、性毛が海藻のように揺れるのが見える。そのわずかばかりの性毛と、髪と眉毛と睫毛とを除けば、桜子の体には体毛がまったくない。居酒屋でアルバイトをするようになってから、桜子はその給料で全身脱毛をしていた。

入浴する時にはいつもアクセサリーを外している。けれど、去年の誕生日に井本孝二郎からもらったルビーの指輪だけは、今も左の薬指で光っていた。

6.

入浴を終えると、踝《くるぶし》までの丈の白い木綿のナイトドレスを身につけ、冷蔵庫で冷やしてあったルイボスティーを注いだカップを持ってバルコニーに出た。

窓を開けた瞬間、ぶーんという都会の夜の喧騒《けんそう》が耳に飛び込んできた。桜子はリクライニングチェアに腰掛け、冷たいルイボスティーをゆっくりと味わった。

窓の外には人工の光が溢《あふ》れている。もう真夜中だというのに、窓の真下を通るハイウェイを今もたくさんの車が大きなエンジン音を響かせて行き交っている。

桜子の生まれ故郷とは違って、ここでは人工の光に邪魔されて、星は数えるほどしか見えない。明るい空の端のほうに、細い月が浮かんでいる。

南の方角から暖かな風が吹いている。その風が洗ったばかりの長い髪を揺らし、ナイトドレスの裾をそよがせていく。

桜子は頭上を振り仰いだ。星の流れる予感がしたから。

桜子は星が流れる前に、いつもそれを感じる。だから、流れ星に祈ることができる。

いつものように、その予感は的中した。目の前の夜空を、上から下に向かって明るい星が流れ落ちたのだ。

悪いことが起きませんように。

とっさに桜子はそう祈ると、また恋人の優しい笑顔を思い浮かべた。


祖母が亡くなった時、幼い桜子は祖母の遺体から白い煙が湧き出すのを目にしていた。けれど、その煙は同じ病室にいた家族の誰にも見えなかった。

そう。桜子には人には見えないものが見えるのだ。人には聞こえないものが聞こえ、普通の人が感じないことを感じられるのだ。

祖母が亡くなった翌年の春に、今度は新潟市内にひとりで暮らしていた母の父が亡くなった。祖父が起きてこないのを心配した近所の人が民生委員に報告し、合鍵を持っていた民生委員が警察官とともに家に入って祖父の遺体を発見したのだ。けれど、祖父が亡くなったという連絡を母が受ける前に、桜子は祖父の身に何かが起きたのだということをすでに知っていた。

その前の晩の真夜中に、誰かに呼ばれたような気がして桜子は目を覚ました。すると、部屋の隅っこに人が立っているのが見えた。

その人の姿はひどくぼんやりとしていた。けれど、誰だろうとは思わなかった。恐怖を覚えることもなかった。桜子にはすぐに、それが祖父だとわかったからだ。

桜子……桜子……。

祖父が桜子の名を二度繰り返した。

いや、耳が聞いたのではない。心が聞いたのだ。

「おじいちゃん……どうしたの？　そんなところで何をしているの？」

布団から上半身を起こし、桜子は声に出してそう訊いた。

けれど、祖父は返事をしなかった。部屋の片隅からこちらを見つめているだけだった。

「おじいちゃん……」

桜子は布団から出て祖父に歩み寄ろうとした。けれど、その前に祖父の姿は見る見る薄れていき、すぐに見えなくなってしまった。

「お姉ちゃん、起きて。起きて」

桜子はすぐ隣の布団で寝息を立てている姉の体を揺り動かした。小学校の低学年の頃まで、姉妹は同じ部屋で寝起きしていた。

目を覚ました姉に、桜子はたった今まで祖父がこの部屋にいたのだと伝えた。けれど、姉はその言葉を信じようとしなかった。

「あんた、寝ぼけてるんじゃない？　おかしなことを言わないでよ」

無理やり起こされた姉が、怒ったような口調で言った。

姉はそのまままた眠ってしまったのだが、翌日、祖父が亡くなったことを聞かされて青ざめた。

あの時、九歳になったばかりだった姉は、三つ年下の桜子のことを、ひどく忌まわしいものを見るかのような目で見つめた。姉から話を聞いた母も、同じような目で桜子を見た。

こういうことは、人に言ってはならないんだ。

あの時、六歳になったばかりの桜子は、それをはっきりと感じた。そして、それからは自分が目にしたり、耳にしたりした不思議なことを、決して人に話すまいと決めた。

自分には人に見えないものが見える。

ずっと前から桜子はそれを知っていた。

桜子の自宅のすぐ近くに墓地があった。苔《こけ》むした古い墓石が二十ほど並んでいる小さな墓地で、墓参りの時期を除けばそこを訪れる人はほとんどなかった。墓地は鬱蒼《うっそう》とした藪《やぶ》に覆われていて、何となく空気が澱《よど》んでいて、昼間でもどことなく不気味な場所だった。

桜子だって、そんな場所には近づきたくはなかった。けれど、その墓地の前の道は通学路になっていて、小学校に行く時にも、中学や高校に向かう時にも、必ずそこを通らなくてはならなかった。

暗くなってからその墓地の前を通ると、人魂《ひとだま》が飛んでいるのがしばしば見えた。人魂はひとつだけの時もあったが、ふたつの人魂が戯《たわむ》れ合うかのように飛んでいるのを見たこともあった。

けれど、そのことを人に話したことはない。誰かに言ったら、気味の悪い女だと思われるに決まっているから。

それでも、父にだけは話してみようと考えたことが何度かあった。父は世の中には科学では説明のできないことがあると考えていて、『生まれ変わり』について桜子に話してくれたこともあった。

「人は死んでも、魂は死なないんだ。でもこの話は、お母さんやお姉ちゃんにはしないほうがいいよ。笑われるからね」

あの日、父はいたずらっ子のような顔をしてそう言うと、桜子にウィンクをして見せた。

祖父が死んだ時、部屋に祖父が来たことを話しても、父だけは桜子を非難しなかったし、母や姉のような目で桜子を見ることもなかった。

だが、結局、桜子は父にも人魂の話をしたことはない。

7.

バルコニーから室内に戻ると、桜子はベッドに入り、サイドテーブルに載せた笠《かさ》つきの電気スタンドの明かりを消した。

いつものように、今夜も部屋の窓は少しだけ開けておいた。桜子は昔から風を感じながら眠るのが好きで、真冬の夜でもほんの少し窓を開けておくのだ。

今夜はその窓から春の終わりの生暖かい風が優しく吹き込んできた。ハイウェイや国道を走る車のエンジン音も絶え間なく入ってきた。

今朝の桜子は、弁当を作るためにいつもよりかなり早く起きた。アルバイトも忙しかったから、体は疲れ切っているはずだった。けれど、今夜は寝つけなかった。こうして横になっていても、何だかドキドキしてしまって眠ることができないのだ。

眠れないままに、桜子は何度となく寝返りを繰り返した。

そんな桜子の耳にハイヒールの足音が飛び込んで来たのは、時計の針が午前零時を指した直後のことだった。

コツ、コツ、コツ、コツ……。

ハイヒールを履いた女のものらしき足音は、桜子のいるこの部屋にどんどん近づいてくるようだった。

最初は廊下を誰かが歩いているのかと思った。けれど、そうではなく、足音は窓の外から聞こえてくるようだった。

えっ？　どうして？　ここは十一階なのよっ！

桜子は思わず上半身を起こし、ほんの少し開いている窓を見つめた。

そうするうちにも、ハイヒールの足音はどんどん近づいてきた。その音は間違いなく、窓の外から聞こえてきた。

どうして、窓の外から足音がするの？　どうしてなの？　いったい、どうなってるの？

桜子の肉体を強い恐怖が走り抜けた。全身の皮膚が鳥肌に覆われるのがわかった。

次の瞬間、部屋の中によく通る女の声が響いた。まだ若い女のもののようだった。

「しんぶーん！」

その声が響いた直後に、窓の隙間から数枚の大きな紙が飛び込んで来て、明かりの消えた部屋の中をバサバサと舞い始めた。

それは紙が舞っているのではなく、命を持った何かが飛びまわっているかのようだった。

「いやーっ！」

桜子は身をよじって悲鳴をあげた。恐怖のあまり、尿が漏れてしまいそうだった。

その直後に、走り去って行くハイヒールの足音が聞こえた。

桜子は慌ててベッドを飛び出し、窓を開けてバルコニーに出た。

けれど、人の姿が見えるはずはなかった。ここはマンションの十一階なのだから。

「何なの、これ？　誰がこんなものを投げ込んだの？」

パニックに陥りながらも、桜子は部屋の明かりを灯《とも》し、フローリングの床の上に散乱している数枚の新聞を拾い上げた。

その瞬間、桜子はハッとなって息を呑《の》んだ。手にした新聞の一面に、おどろおどろしい文字で『恐怖新聞《きようふしんぶん》』という不気味な題字が書かれていたのだ。

『恐怖新聞』については、新潟にいた頃、級友たちが話しているのを何度か耳にしたことがあった。読むつもりなどなかった。それにもかかわらず、桜子の目はその新聞に釘付《くぎづ》けになった。どういうわけか、目を逸《そ》らすことができないのだ。

読んでいるうちに体が猛烈に震え始めた。その記事に、きょうの午前中に井本孝二郎が、交通事故に遭って死ぬと書いてあったのだ。

記事の脇にはカラー写真があった。交通事故の現場写真のようで、ノーズ部分が壊れた黒いワゴン車と大破したピザ店のスクーターが写っていた。孝二郎が勤務しているピザ店のロゴが刻まれた三輪スクーターだった。

直進してきた孝二郎のスクーターを無理に右折しようとしたワゴン車が跳ね飛ばし、孝二郎は全身を強く打って即死するとその記事には書かれていた。

「そんな……嘘《うそ》よ……嘘よ……」

桜子は床にしゃがみ込んだ。脚がひどく震えて、立っていることができなかった。

「何なの、これ？　いったい……何なの？　どうして、孝二郎のことが書いてあるの？　いったい、誰が書いたの？」

桜子は呻《うめ》いた。いつの間にか涙が込み上げ、活字がひどく滲んで見えた。

『恐怖新聞』とは未来の忌まわしい出来事を予言する新聞で、配達された人は受け取りを拒否することはできないと、かつて級友たちが言うのを聞いたことがあった。それを読むたびに命が百日ずつ縮むなどという噂《うわさ》も耳にしたことがあった。

けれど、そんなものが実在すると思ったことは一度もなかった。新潟の一部の地域だけで広まっている馬鹿馬鹿しい都市伝説のひとつだろうと考えていたのだ。

孝二郎の死亡を伝える記事に続いて、桜子は同じページにあったほかの記事を次々と読んだ。桜子の意志とは無関係に、目が勝手に活字を追っていたのだ。

殺人事件、火事、交通事故、自殺、育児放棄……そこに書かれていたことの多くが人の死に関することだった。

「こんなのデタラメよ……誰かのイタズラに決まってる……」

桜子はまた、誰にともなく呟《つぶや》いた。

だが、イタズラだとしたら、いったい、どこの誰がこんなに手の込んだイタズラをするのだろう？　これほどまでの手間と時間とをかけて、この新聞を作った人間にどんな得があるというのだろう？　だいたい、この新聞はどうやって、十一階に位置するこの部屋に投げ込まれたのだろう？

桜子の体はかつてないほどに激しく震えていた。

8.

凄《すさ》まじいまでのパニックが収まると、桜子は恋人のスマートフォンを鳴らした。こんな時刻に電話をするのはためらわれたけれど、何もしないでいるわけにはいかなかった。

数回の呼び出し音のあとで、寝ぼけた声の孝二郎が電話に出た。

『どうした、桜子？　こんな時間に何の用だ？　寝ションベンでも漏らしたか？』

「ごめんね、孝二郎。でも、どうしても言わなきゃならないことがあって……」

汗ばんだ手でスマートフォンを握り締め、桜子はたった今『恐怖新聞』が届けられた経緯と、そこに書かれていた記事の内容について孝二郎に話した。

『何を馬鹿なこと言ってるんだ、桜子？　そんなの、都市伝説に決まってるだろう？』

耳に押し当てたスマートフォンから、屈託なく笑う孝二郎の声が聞こえた。

どうやら『恐怖新聞』の都市伝説は、東京の子供たちのあいだでも広く知られていたらしく、それについては孝二郎も桜子と同等の知識があるようだった。

「でも、ここに恐怖新聞があるのよ。今、ここに、確かにあるのよ。そこに孝二郎が交通事故に遭って死ぬって書いてあるのよ」

猛烈に震える手で新聞を握り締め、必死の思いで桜子は言った。

『桜子、大学生にもなって、そんな馬鹿馬鹿しい都市伝説を本気で信じてるのか？』

呆《あき》れたように孝二郎が言った。

「だって本当に恐怖新聞がここにあるのよ。今、ここにあるのよ」

『そんなもの、イタズラに決まってるだろ？』

「わたしも最初はそう思った。イタズラだと思ったわ。でも、考えてみるとおかしいの。だって、そうでしょう？　手間暇かけてこんなものを作って、その人にいったい何の得があるっていうの？だいたいその人は、どうして孝二郎のことを知ってるの？　孝二郎もそう思うでしょう？」

桜子は必死だった。孝二郎に向かって話しているうちに、『恐怖新聞』は単なる都市伝説ではなく、実在するのだと考えが変わっていったのだ。

そうなのだ。おそらく、これは異界から来た新聞なのだ。そうでなければ、十一階にあるこの部屋の窓から新聞が投げ込まれたことの理由も、これほど手の込んだものが作られたことの理由も説明できなかった。


結局、桜子には孝二郎を説得することはできなかった。

けれど、きょうはアルバイトには行かないと約束してくれた。桜子も聞いていたが、もともときょうはアルバイトの予定が入っていない日なのだ。

「本当にアルバイトはない日なのよね？　本当にピザの配達には行かないのよね？」

桜子は執拗に念を押した。

『予定がないんだから、行くはずがないだろ？』

孝二郎が言った。どうやら、笑っているようだった。

「わかった。それならいいの。こんな時間に電話してごめんね」

桜子はそう言うと孝二郎との電話を終わらせた。孝二郎が早く眠りたそうだったから。


孝二郎はアルバイトには行かないと言った。それにもかかわらず、桜子の不安は和らがなかった。『恐怖新聞』の予言が外れることはないと聞いたことがあったから。

孝二郎との電話のあとで桜子は窓を閉め、そこにしっかりと鍵をかけた。濃いピンクのカーテンも閉めた。とてもではないが、窓を開けたまま眠る気にはなれなかった。

孝二郎、死なないで……お願い、死なないで……。

眠れないまま、桜子はベッドの中で祈り続けた。

9.

一睡もできないまま朝がきた。ピンクのカーテンの合わせ目から朝の光が細く差し込み、フローリングの床に細長い光の線を刻みつけた。

不安な気持ちが今も全身を包み込んでいた。睡眠不足のためにヒリヒリとする目を見開き、桜子は白い天井をぼんやりと見つめていた。

スマートフォンからＬＩＮＥの着信音が響いたのは、そんな時だった。

桜子はルビーの指輪の嵌《は》められた左手でスマートフォンを持ち上げた。そこには孝二郎からのメッセージが届いていた。

『バイトには行かない予定だったけど、たった今、店長から連絡があって、風邪で休むやつがいるから、そいつの代わりに出てくれって言われた。だから、ちょっと行って来る』

そのメッセージは桜子をパニックに陥れた。

桜子はすぐに孝二郎に電話をかけようとした。けれど、指先が猛烈に震えていて、たったそれだけのことにひどく手間取った。

ようやく電話が繋《つな》がると、たった一度の呼び出し音のあとでスマートフォンから、『おはよう、桜子』という愛《いと》しい男の声が聞こえた。

「ダメよ、孝二郎！　行っちゃダメ！　行ったら、死ぬわ！　死んじゃうわ！」

桜子は朝の挨拶もせず、まくし立てるかのように言った。

『おいおい、桜子。落ち着けよ』

のんびりとした口調で孝二郎が言った。

「行かないで！　約束したじゃない？　行かないでっ！　行っちゃダメっ！」

桜子は必死だった。

『そんなこと言われてもなあ……おいら、店長と約束しちゃったんだよ』

相変わらず、のんびりとした口調で孝二郎が言った。

「ダメよ、孝二郎っ！　行っちゃダメっ！　死んじゃうわ！　交通事故に遭って死んじゃうっ！　だから、断ってっ！　今すぐ店長に電話して断ってっ！」

桜子はさらにまくし立てた。

『断れないよ。断る理由がないもん』

「恐怖新聞のことを言えばいいわ。店長が信じようと、信じまいと、恐怖新聞に死ぬって書いてあるから行けないって言うのよ！」

スマートフォンを強く握り締め、桜子は口早にそう言った。何としてでも、彼を思いとどまらせなければならなかった。

『またその話か？　恐怖新聞だなんて、ただの都市伝説だよ。あっ、もうこんな時間だ。とにかく、行ってくる。電話を切るぞ。じゃあな、桜子。またな』

それだけ言うと、孝二郎は一方的に電話を切ってしまった。

桜子はすぐにまた彼に電話を入れた。けれど、孝二郎はその電話に出なかった。


孝二郎との電話の直後に、桜子は慌ただしく衣類を身につけた。そして、顔も洗わず、化粧もせず、香水もアクセサリーもつけずに部屋を飛び出した。

これから孝二郎の自宅に行き、彼を引き止めるつもりだった。家族と暮らしている彼の家までは、タクシーなら二十分とはかからないはずだった。

マンションのエントランスホールの前でタクシーを止めると、桜子は急《せ》いた口調で中年の女性運転手に孝二郎の自宅の住所を告げた。

これまでに二度、桜子は孝二郎に連れられて彼の家に行っていた。彼は両親とふたつ年上の兄と、父方の祖母の五人で住宅街の一戸建てに暮らしていた。彼の父は大手銀行の支店長で、母は専業主婦、兄の真一郎《しんいちろう》は大学の四年生だった。

歩道には家族連れやカップルの姿が目立った。世の中はきょうからゴールデンウィークだった。きょうもよく晴れて、気温がかなり高かった。風もほとんどないようで、道行く人々の多くは暑そうな様子をしていた。

桜子のバッグには折り畳んだ『恐怖新聞』が入っていた。それを実際に目にすれば、孝二郎も納得してくれるはずだと考えていたのだ。

死なないで、孝二郎。死なないで。死なないで。

汗ばんだ手を膝の上で握り合わせ、桜子はそう祈り続けた。

10.

井本孝二郎の家は閑静な住宅街にあった。大きな家々が立ち並ぶ古くからの高級住宅街だった。

孝二郎の自宅もまたかなり大きな家だった。その家の門のところでタクシーを降りると、桜子は門柱に取りつけられた表札のすぐ下にあるインターフォンのボタンを押した。

出て！　早く出て！

地団駄を踏むようにして桜子はインターフォンのレンズを見つめた。

『あらっ、早川さん。おはよう』

やがて、インターフォンからのんびりした孝二郎の母の声が聞こえた。

「おはようございます。孝二郎くんはいますか？　彼に話したいことがあるんです」

またしても、まくし立てるかのように桜子は言った。

『孝二郎なら、少し前に出かけたわよ。アルバイトに行くって言ってたわ。早川さん、孝二郎と約束があったの？』

相変わらず、のんびりとした口調で孝二郎の母が答えた。

それを聞いた瞬間、桜子の背筋が冷たくなった。同時に、『しまった』と思った。

そう。こんなところに来るべきではなかったのだ。最初から孝二郎のアルバイト先のピザ店に、真っすぐ向かうべきだったのだ。

「そうですか。それじゃあ、バイト先に行ってみます」

インターフォンに向かってそれだけ言うと、桜子は大通りに向かって駆け出した。

今朝もパンプスの踵はとても高かったから、走るのは一苦労だった。深く考えもせずにそんな靴を履いてきてしまったことを、桜子はひどく悔やんだ。

大通りに出ると、桜子は夢中で手を振りまわしてタクシーを止めた。そして、停車してくれたタクシーに乗り込み、孝二郎のアルバイト先のピザ店へと向かった。

タクシーの中で桜子は、きょうの自分のコーディネイトがひどくチグハグだということに気づいた。目についた服を何も考えずに身につけたので、めちゃくちゃになってしまったのだ。ブラシをかけていない髪はボサボサだった。

こんな時だというのに、そのことがひどく恥ずかしかった。

初老の男性運転手はのんびりとした性格の持ち主のようで、車はのろのろとしか進まなかった。信号がまだ黄色なのに停止したり、ほかの車に道を譲ったりするたびに、桜子はひどく苛立《いらだ》った気持ちになった。

タクシーの中でも桜子は何度となく孝二郎に電話をした。けれど、彼はその電話に出なかった。

十五分ほどでタクシーはピザ店に着いた。

車を降りると、桜子は目の前にあるピザ店に駆け込もうとした。だが、ちょうどその時、店のすぐ脇にある駐車場から一台のスクーターが出てきた。ピザ店のロゴマークがある三輪スクーターで、乗っているのは孝二郎だった。

桜子はスクーターに駆け寄り、声を張り上げて孝二郎を呼び止めた。

「孝二郎っ！　孝二郎っ！」

けれど、フルフェイスのヘルメットを被《かぶ》った孝二郎の耳には桜子の声が届かなかったらしい。いや、気づいていたのに、止まらなかったのかもしれない。

いずれにしても、彼が乗ったスクーターは、そのままエンジン音を響かせて車道を勢いよく走り始めた。

「孝二郎っ！　孝二郎っ！」

走り去っていくスクーターを追って、桜子は足の痛みに耐えながら歩道を走った。

けれど、スクーターはたちまちにして遠ざかった。そして、次の信号を左折して、あっという間に見えなくなってしまった。


茫然《ぼうぜん》としながらも、桜子は痛む足を引きずってピザ店へと戻った。

初夏のような太陽が桜子の足元に濃い影を刻みつけていた。きょうの桜子は日焼け止めも塗っていなかったから、いつもなら、日に焼けてしまうことがひどく気になるはずだった。けれど、今朝は日焼けのことなど頭の片隅にも浮かばなかった。

ピザ店に戻ると、桜子は店のすぐ脇に佇《たたず》み、バッグから取り出したスマートフォンで孝二郎に電話を入れた。

彼はやはりその電話に出なかった。それでも、桜子はまるでストーカーのように、ほぼ一分おきに電話をかけ続けた。

最初の頃には呼び出し音が続いたあとで、伝言を録音しろというメッセージが流れた。けれど、電話をかけ続けているうちに、それが通じなくなった。孝二郎の電話は電波の届かないところにあるか、電源が切られているというのだ。

電波が届かない？　電源が切られている？

そんなことは考えにくかった。

一回の配達にかかる時間は、普通は十五分から二十分、どんなに長くても三十分はかからないと孝二郎から聞いたことがあった。けれど、その三十分がすぎても孝二郎のスクーターは戻ってこなかった。

11.

吐き気を催すほどの不安を抱えて孝二郎の帰りを待ちながら、桜子は小学生の頃に新潟の実家で餌を与えていた野良猫のことを思い出していた。

その猫はとても小さかった。三毛だったから雌だったのだろう。その三毛猫はある頃から桜子の自宅の庭にやってくるようになり、動物好きの父がキャットフードを買ってきて与え始めたのだ。

猫は毎日、朝と夕方には必ずやってきた。そして、桜子の家の玄関ポーチにちょこんと座り、そこに置かれた皿の中のキャットフードを食べていった。

最初の頃、三毛猫は人が近づくと怖がって逃げた。けれど、少しずつ慣れていき、やがては桜子たちが見ていても餌を食べていくようになった。半年がすぎた頃には桜子の手から餌を食べるようになり、やがては桜子に抱かれるようになった。

初めて触る猫の体は、驚くほどに軽くて、信じられないほどにしなやかだった。柔らかくて短い毛の下に、筋肉が張り詰めているのがはっきりと感じられた。それはまさに、命そのものに触れているかのようだった。

三毛猫に餌を与え始めたのは父だったが、すぐにその仕事は桜子のものになった。

あの頃、小学校の三年生だった桜子は、毎朝いちばんでキャットフードの入った皿を手に玄関を出た。夕方、日が暮れる前にも同じことをした。

玄関を出ると、三毛猫はいつもそこで桜子を待っていた。桜子の顔を見て、可愛らしい声で鳴くこともあった。

ある秋の午後、桜子が小学校から自宅に戻ると、縁側の陽《ひ》だまりに三毛猫がいた。小さな体を丸くして気持ちよさそうに眠っていた。

桜子が縁側に歩み寄ると、その気配に気づいた三毛猫が目を開けた。桜子は手を伸ばし、そんな三毛猫の体を優しく撫《な》でた。猫が目を閉じ、喉を鳴らすのが聞こえた。姉の菫子と相談して、桜子はその三毛猫に『チイ』という名をつけていた。

普段はそうしていると、桜子の体の中に優しさが広がり、とても安らいだ気持ちになれる。けれど、あの日は違っていた。チイを撫でているうちに、不安感が全身に広がっていったのだ。

これが最後だ。チイに触れるのはこれで最後なんだ。

桜子はそう感じた。

こんな予感、外れるわ。こんなに懐いているチイがいなくなるはずないわ。

桜子は懸命に自分にそう言い聞かせようとした。

けれど、桜子の予感は的中した。その日の夕方、桜子は餌の皿を持って玄関を出たのだが、いつもならポーチに座って餌を待っているはずの三毛猫の姿がどこにも見えなかったのだ。

「ポーチに置いておきなさい。チイならすぐに戻ってくるわよ」

母にそう言われ、桜子はキャットフードの皿を玄関ポーチに置いて家に入った。

それから、桜子はほとんど十分おきに玄関のドアを開けた。けれど、チイは戻っていなかった。夜になっても、桜子が寝る時刻になっても、玄関ポーチの皿には手つかずのままのキャットフードが残っていた。

チイがどこに行ってしまったのかは、今もわからない。自分の家があって、そこに戻ったのかもしれないし、どこかの誰かの飼い猫になったのかもしれない。もしかしたら、車に撥《は》ねられて死んでしまったのかもしれない。

いずれにしても、その後桜子があの三毛猫の姿を目にしたことは一度もなかった。

あの時と同じだ。わたしはきっと、孝二郎には二度と会えないんだ。

孝二郎の帰りを待ちながら、桜子はそんなことを考えては、その考えを必死で打ち消していた。

12.

孝二郎が出て行って四十分近くがすぎた頃、ピザ店の制服を身につけた男が店の前に姿を現した。

店長らしき大柄な男は、不安そうな顔をして辺りを見まわし始めた。

桜子は意を決して、その男に声をかけた。

「あの……わたし、井本孝二郎くんの……あの……大学の友人なんですが……あの……今は遠くまで配達に行っているのでしょうか？」

二十代の後半に見える店長が、桜子の全身をまじまじと見まわした。ノーメイクの上に、洋服のコーディネイトがめちゃくちゃだったから、桜子にはそれが恥ずかしかった。

「それがおかしいんですよ。すぐそこまでの配達だったから、もうとっくに帰ってきていていいはずなんだけど……」

腕時計に視線を落とした店長が、首を傾げながらそう言った。

「近くなんですか？」

「ええ。すぐそこ、目と鼻の先です。どうしたんだろう？　おかしいなあ？」

店長がまた首を傾げた。

店から若い女が飛び出してきたのは、ちょうどその時だった。

「店長、警察の人から電話です！　うちの配達員が車に撥ねられて病院に運ばれたそうです！　きっと井本くんです！」

桜子と同じくらいの年に見える女が顔を引きつらせ、叫ぶかのように言った。

その声を耳にした瞬間、桜子の頭の中は真っ白になった。

「ああっ、何てことだ」

店長が脂ぎった顔を苦しげに歪め、絞り出すように言った。「それで、井本が運ばれたのは、どこの病院なんだ！」

アルバイトらしき若い女が、顔を引きつらせたまま病院の名を口にした。この店のすぐ近くにある大学病院だった。

「井本くんの家の人にすぐに連絡して、病院に向かわせるよう警察官が言っていました」

女が言った。その顔は相変わらず、ひどく引きつっていた。

「わかった。すぐに連絡しよう」

そう言うと、店長は桜子には何も言わずに店の中に駆け込んで行った。

「ああっ、いやっ……いやっ……いやっ……いやっ……」

二本の脚から完全に力が抜け、桜子はその場に頽《くずお》れるかのようにうずくまった。左手の薬指でルビーの指輪が光っているのが見えた。込み上げる涙で、その赤い宝石がぼんやりと滲んだ。


ピザ店の前から、桜子はタクシーに乗った。今度の運転手は三十歳くらいの綺麗な女性だった。

桜子は必死で泣くまいとしていた。けれど、それは難しかった。ハンカチで拭っても、拭っても、次から次へと涙が溢れ出た。

そんな桜子の様子を、運転手はひどく気にしているようだった。けれど、何があったのかと尋ねることはなかった。

桜子の耳に孝二郎の声が飛び込んできたのは、タクシーが信号待ちをしている時だった。

『さようなら、桜子……』

桜子は慌てて車内を見まわした。たった今耳にしたのは、間違いなく孝二郎の声だった。けれど、運転手の女性には孝二郎の声は聞こえていないようだった。

身を強張らせている桜子の耳に、また孝二郎の声が届いた。

『桜子、今までいろいろとありがとう……残念だけど、これでお別れだ……おいらは桜子が本当に好きだった……さようなら、桜子……さようなら……』

「孝二郎！　孝二郎！」

桜子は思わず叫び、運転手が驚いたように振り向いた。

「あの……お客さま、どうかなさいましたか？」

運転手が訊いたが、桜子には返事をすることができなかった。

死んだのだ。孝二郎は死んでしまったのだ。彼とはこれでお別れなのだ。もう二度と会うことはできないのだ。

桜子はそれを確信した。

もはや気持ちをコントロールすることは不可能だった。

次の瞬間、桜子はハンカチで顔を覆い、あたり憚《はばか》らず声をあげて泣いた。

第二章

1.

恋人は死んでいた。桜子《さくらこ》はそれを、治療に立ち会ったという看護師から聞かされた。

その瞬間、全身から一気に力が抜けた。視野が急速に狭くなり、何も考えられなくなり、糸の切れた操り人形のように桜子はその場に頽《くずお》れた。

孝二郎《こうじろう》と対面することは許されなかった。彼の遺体がそれほどまでに激しく損傷していたからだ。

看護師の手を借りてようやく立ち上がった桜子は、エントランスホールのすぐそばにある広々とした待合室に連れて行かれた。

「どうしてなの、孝二郎……わたしの言うことを、どうして聞いてくれなかったの……どうして……どうして……どうして……」

桜子は待合室の片隅の椅子に腰掛け、木綿のハンカチで顔を覆い、うわ言のような声を上げて泣いた。

孝二郎がもはや、どこにもいない。あんなにも生き生きとしていたのに……あんなにも元気で、生命力の塊《かたまり》のようにさえ感じられたのに……それなのに、もはや彼の笑顔を見ることも、彼の声を聞くことも二度とない。

その事実を受け入れることが、桜子にはどうしてもできなかった。

やがて、孝二郎の母が血相を変えて病院に飛び込んできた。彼の母はお洒落《しやれ》な人のようだったが、きょうは髪の毛がボサボサで、メイクもしていなかった。

「ああっ、お母さん！　孝二郎くんが死んじゃったの。死んじゃったのよっ！」

そう叫びながら、桜子は孝二郎の母の胸に飛び込んだ。彼の母はふくよかな体つきの女性だった。

「死んだって、そんなの嘘《うそ》よ！　店長は怪我《けが》をして病院に運ばれたって言ってたわっ！」

桜子の肩を両手で摑《つか》み、孝二郎の母が眉毛を吊《つ》り上げてヒステリックな声を上げた。

「でも、そうなのよ。死んじゃったの……死んじゃったのよ」

泣きじゃくりながら桜子は繰り返した。

「わたしは信じないわ。そんな馬鹿なこと、絶対に信じない！」

孝二郎の母がさらに目を吊り上げ、一段とヒステリックな口調で言った。孝二郎によく似た切れ長の目が涙で潤んでいた。

「わたしだって信じたくない……信じたくない……」

目の前にある孝二郎の母の顔を見つめて、桜子はさらに涙を流した。尖《とが》った顎の先から涙がとめどなく滴《したた》り落ちた。

次の瞬間、孝二郎の母が桜子の体を、息が止まるほど強く抱き締めた。そして、自らは身をよじりながら、桜子の耳元でヒステリックな叫び声をあげた。

「いやっ！　いやっ！　いやっ！　いやーっ！　いやーっ！　いやーーーーーっ！」

甲高いその声が待合室に響き渡った。

孝二郎の父と兄も病院に向かっているようだった。桜子は孝二郎の母と一緒に、待合室でふたりの到着を待った。

桜子と同じように、孝二郎の母もハンカチで涙を絶え間なく拭い続けていた。彼女は時折、身をよじって、傷ついた獣が吠《ほ》えるかのような声を漏らした。

涙を吸い続けている桜子のハンカチは、今では絞れるほどになっていた。泣きじゃくり続けながら、桜子は自分がピザ店に直行せず、孝二郎の家に向かってしまったことを激しく悔やんでいた。

あのままタクシーで真っすぐピザ店に向かっていれば、配達に行こうとする彼を引き止めることができたかもしれないのだ。彼の体に縋《すが》りつき、『行かないで』と懇願すれば、彼だって出て行くことはできなかったかもしれないのだ。

いや、それは違うのだろう。『恐怖新聞《きょうふしんぶん》』の予言は決して外れないのだから……だから、たとえ桜子が何をしようと、結局、孝二郎は死ぬ運命だったのだろう。

「早川《はやかわ》さん、あなた……今朝、うちに何をしに来たの？」

顔を上げた孝二郎の母が、虚《うつ》ろな視線を桜子に向けて尋ねた。「孝二郎と約束でもあったの？ピザ屋さんには何をしに行ったの？」

「実は、あの……わたしのところに、ある新聞が届いたんです」

言うか、言うまいか迷った末に、桜子はそれを口にした。「恐怖新聞という……あの……未来を予言する新聞です」

「恐怖新聞？　聞いたことがあるような気もするけど……でも、あれは子供たちのあいだの根拠のない噂話《うわさばなし》みたいなものでしょう？」

桜子の母が言った。桜子を見つめるその目からは、今も涙が溢《あふ》れ出ていた。

「そうじゃないんです。恐怖新聞はあるんです。あの……本当にあるんです」

考え考え、桜子は言った。「その新聞に孝二郎くんがピザの配達中に交通事故に遭って死ぬと書かれていたから……それでわたし、あの……彼がアルバイトに行くのをやめさせようと思って、今朝、お宅にお邪魔したんです」

「本気で言ってるの？」

孝二郎の母が言った。桜子に向けられたその顔には疑わしげな表情が浮かんでいた。

「信じられないのはわかります。でも……あの……本当なんです。そうだ。これがわたしのところに届けられた恐怖新聞です」

桜子はマニキュアに彩られた手でバッグを開き、折り畳んだ『恐怖新聞』を取り出して孝二郎の母に差し出した。

「これのどこが恐怖新聞なの？」

新聞を手にした孝二郎の母が不思議そうな顔をして桜子を見つめた。

桜子は身を乗り出し、孝二郎の母が手にしている『恐怖新聞』に視線を落とした。

孝二郎の母が言う通りだった。彼女が手にしていたのは、どこにでもある一般紙だった。

「おかしいわ。どうして、こんなことが……でも、確かに、それは恐怖新聞だったんです。そこに孝二郎くんが、車に撥《は》ねられて死ぬって書かれていたんです」

ひどく混乱しながらも桜子は必死で訴えた。孝二郎の母が手にしている新聞が一般紙に変わってしまったことがまったく理解できなかった。

「落ち着いて、早川さん。あなたきっと、ショックで混乱しているのよ」

悲しげな顔をした孝二郎の母が、手にした新聞を桜子に返しながら言った。

桜子は自分の手に戻ってきた新聞をまじまじと見つめた。けれど、どれほど見つめても、それが『恐怖新聞』に戻ることはなかった。

2.

やがて病院に孝二郎の父と兄がやって来た。ビジネススーツを着込んだ孝二郎の父は、妻に負けないほどに動揺して取り乱していた。弟とは仲が良かったという兄も目を潤ませていた。

ふたりと入れ替わるかのように、桜子は総合病院をあとにした。自分にはもう、できることが何もないと気づいたのだ。

自分がどうやってマンションに戻って来たのかを、桜子はほとんど覚えていなかった。脚をひどくふらつかせて自宅に戻った桜子は、寝乱れたままのベッドに頽れるかのように座り込んだ。

夢だったらいいのに……何もかもが夢で、目が覚めてホッとできたらいいのに……。

桜子は思った。もし、これが夢だったら、どんなに嬉《うれ》しいだろうと。

すぐそばにはドレッサーが置かれていて、その鏡に桜子の姿が映っていた。そこに視線を向けた瞬間、桜子はギョッとした。

鏡に映った女は瞼《まぶた》が腫れ上がり、桜子とは別人のようだった。知らないうちに掻《か》き毟《むし》ったのかもしれない。栗色《くりいろ》に染めた自慢の髪が、くちゃくちゃになって縺《もつ》れ合っていた。

桜子はゆっくりと顔を上げ、今度は窓のほうに虚ろな視線を向けた。

正午をまわったばかりで、窓の外には初夏の光が満ちていた。空は晴れ渡り、雲ひとつ見当たらなかった。能天気なほどのその明るさが、桜子には忌々しくさえ感じられた。

ふと思いついて、桜子はバッグから新聞を取り出した。

孝二郎の母に見せた時には一般紙だったそれは、『恐怖新聞』に戻っていた。

そんなものはもう見たくもなかった。そんなおぞましいものとは、もう関わりたくなかった。だから、桜子は『恐怖新聞』から目を逸《そ》らそうとした。

けれど、目を逸らすことも、顔を背けることもできなかった。どういうわけか、目が新聞に吸い寄せられていってしまうのだ。

無理強いでもされているかのように、今また桜子は『恐怖新聞』に視線を走らせた。

殺人事件、火事、交通事故、自殺、育児放棄……やはりそこにあったのは、人間の死に関する、忌まわしくて、おぞましい記事ばかりだった。

最初に読んだ時には気づかなかったが、紙面の片隅に、『恐怖新聞』は一回読むたびに命が百日縮むと記載されていた。また、『恐怖新聞』は毎日、午前零時頃に届けられるということと、受け取りを拒否することはできないということも書かれていた。

それは桜子が耳にしていた都市伝説と同じだった。

桜子は震え上がった。『恐怖新聞』が毎日届けられ、そのたびに命が百日縮むとすると、桜子の命は一年で百年縮むという計算になるはずだった。つまり、桜子はあと一年と生きていられないということだった。

頭を鈍器で殴りつけられたような気がした。余命宣告を受けたかのようだった。

わたし、死んじゃうの……一年もしないうちに、死んじゃうの……。

凄《すさ》まじい恐怖が全身に広がり、『恐怖新聞』を握り締めた手が細かく震えた。

その時、桜子の脳裏に姉の顔が浮かんだ。

最近の桜子は、独善的な姉の菫子《すみれこ》を鬱陶しく感じることが少なくなかった。けれど、こんな時には、強い姉が頼りになりそうな気がした。

『恐怖新聞』をベッドの上に放り出すと、桜子は震え続けているその手でバッグからスマートフォンを取り出した。

桜子と同じ三月生まれで、三歳年上の姉の菫子は、この春に桜子とは別の大学の文学部を極めて優秀な成績で卒業していた。

3.

文学好きの両親の影響を受けた姉もまた、桜子と同じように昔から本を読むことが好きだった。まだ中学校に通っていた頃から、姉は将来、出版社に就職して編集者になると公言していた。その望み通り、菫子はこの四月から都内にある大手の出版社に勤務していた。

新潟《にいがた》にいる頃には、菫子と桜子は美人の姉妹だと言われていた。ふたりはどちらもすらりとした体つきで、肌の色が抜けるように白く、目が大きくて鼻の形がよくて、ふっくらとした柔らかな唇の持ち主だった。

幼い頃の桜子は、いつも姉のあとを追いまわしていたと聞いている。そんな妹の面倒を姉もよくみてくれた。

そう。ふたりは仲のいい姉妹だったのだ。

だが、桜子が大きくなり、自我が芽生えてくるとともに、桜子には姉のことが鬱陶しく感じられるようになっていった。桜子のすることに姉がいちいち口を挟み、あれこれと文句をつけるからだ。

桜子と姉はともにお洒落をするのが好きだった。けれど、ふたりの趣味は大きく異なっていた。

姉はどちらかというと、シックでシンプルなファッションを好んだ。ハイヒールはめったに履かなかったし、ミニスカートやショートパンツも穿《は》かなかった。アクセサリーもあまり身につけなかったし、爪も伸ばしていなかった。

いっぽう、桜子のほうは女の子の可愛《かわい》らしさを前面に出しているような、コケティッシュなファッションが好きだった。桜子にはお気に入りのモデルがいて、彼女が雑誌で着ている服や、履いている靴などを参考にして自分のコーディネイトをしていた。

だが、姉にはそれが面白くないようで、桜子のヘアスタイルや、身につけている洋服やバッグや靴やアクセサリーを、「個性がない」「男に媚《こ》びているだけ」「モデルと同じ格好をして何が面白いの？」などと言って、いつも馬鹿にした。

お洒落に関することだけでなく、音楽も映画も絵画も本も、食べるものまで、ふたりの好みは大きく異なる。それなのに、常に自分が正しいと考えている姉は、桜子に自分の好みを押しつけようとするところがあった。妹を思ってのことなのかもしれなかったが、桜子にはそれが鬱陶しかった。

桜子も勉強はできるほうだが、姉の菫子にはかなわなかった。中学でも高校でも、姉は学年でいちばんの秀才だと言われていた。運動が苦手な桜子とは違って、姉は運動神経も抜群で、走るのも速かったし、泳ぐのもうまかった。球技も得意だった。

だから、普通なら、桜子は姉にコンプレックスを抱いてもおかしくないはずだった。

けれど、そうはならなかった。

姉の菫子は確かにかなり美しい容姿の持ち主だった。けれど、容姿に関しては自分のほうが少し上だと、桜子は幼い頃から感じていた。

それは決して桜子の勝手な思い込みではなく、多くの人が思っていることのようだった。

「桜子のお姉ちゃんも綺麗な人だけど、桜子はもっと綺麗だよね」

友人たちのそんな言葉を、桜子は小学生だった頃から何度となく耳にしていた。

「菫子の妹って、びっくりするくらい可愛いんだね。お人形さんがいるみたい」

自宅に来た姉の友人たちが、桜子を見てそう言うのを聞いたこともあった。

そう。姉はかなり綺麗だけれど、桜子はもっと綺麗だ。姉も男たちにモテるようだが、桜子はもっともっとモテた。

そのことは、姉も知っているはずだった。姉がそれを口にしたことはなかったけれど、容姿に関してだけは、妹にコンプレックスのような感情を抱いているようだった。

そういうこともあって、美人で秀才の姉に、桜子はコンプレックスを抱かずに済んだ。


数回の呼び出し音のあとに、スマートフォンから少し威張ったような姉の声が聞こえた。妹の桜子に対して、姉は昔からそんな口調でものを言うのだ。

『どうしたの、桜子？　わたし今、ものすごく忙しいんだけど、何か急用？』

姉の声を耳にした瞬間、涙がまた溢れ出した。

「お姉ちゃん、孝二郎が死んじゃったの……死んじゃったのよ……」

スマートフォンを握り締めて桜子は言った。その声がひどく震えていた。

『桜子、あんた、今、何て言ったの？』

姉が素っ頓狂な声で訊《き》き返した。

「だから……だから、死んじゃったのよ。孝二郎が……孝二郎が死んじゃったの……ピザの配達中に、車に轢《ひ》かれて……死んじゃったの……死んじゃったのよ……」

声を猛烈に震わせて桜子は言った。

その言葉を聞いた姉が絶句した。

『桜子、それ……本当なの？　孝二郎くん、本当に死んでしまったの？』

数秒の沈黙のあとで姉が言った。姉もまたひどく驚き、動揺しているようだった。

「こんなことで嘘を言うわけがないでしょう？　死んじゃったのよ。お姉ちゃん……孝二郎が死んじゃったの……死んじゃったの……」

呻《うめ》くように桜子が繰り返し、姉がまた沈黙した。

一度だけだったが、桜子は姉に孝二郎を会わせたことがあった。

姉妹の趣味がかなり違っていたということもあって、姉は桜子のすることに大抵は反対した。けれど、孝二郎のことは珍しく気に入ったようで、『開けっぴろげで、裏表がなくて、いい子だね』と言っていた。

4.

その晩、姉の菫子が桜子の部屋にやって来た。姉と一緒に暮らしている富井裕太《とみいゆうた》が一緒だった。出版社の編集部に勤務する姉は、黒いパンツにチェックのジャケットというシックな格好で、長い黒髪を後頭部で結んでいた。足元は踵《かかと》の低い黒のパンプスだった。

富井裕太のほうは濃紺のスーツ姿だった。姉よりひとつ年上の彼は大学のゼミの先輩で、今は大手新聞社の社会部に記者として勤務していた。

富井裕太はハンサムで背が高くて、がっちりとした筋肉質な体つきをしていた。仙台《せんだい》出身で、学生時代はアメリカンフットボールに夢中だったという彼は、明るくて、朗らかで、笑顔の素敵な男だった。彼は桜子のことを、いずれは義理の妹になる女だと考えていて、いつも実の兄のような親しげな態度で接してくれた。

裕太の手には百貨店の大きなレジ袋がさげられていた。仕事帰りに待ち合わせたふたりは、渋谷《しぶや》の百貨店で惣菜《そうざい》などを買ってきてくれたようだった。

玄関のたたきに立った姉の顔を目にした瞬間、必死で抑えていた感情が爆発し、桜子は姉の胸に飛び込んだ。そして、姉の胸に顔を擦《こす》りつけ、迷子になった子供のように声を張り上げて泣いた。

姉はそんな妹の体を抱き締め、肩胛骨《けんこうこつ》の浮き出た背中を優しく撫《な》でてくれた。

姉の乳房がふたりの体のあいだで押し潰されるのを桜子は感じた。胸の小さい桜子と違って、姉は豊かな乳房の持ち主だった。

ひとしきり泣いたあとで、桜子は富井裕太と姉のふたりに、この部屋に『恐怖新聞』が届いてからのことを順を追って話した。

桜子と同じ土地で生まれ育った姉だけでなく、仙台生まれの裕太までもが、子供の頃に『恐怖新聞』の都市伝説を耳にしたことがあるらしかった。『恐怖新聞』が届けられてから孝二郎が死ぬまでのことを話している桜子の顔を見つめ、裕太は真剣な顔をして頷《うなず》いていた。非科学的なことを信じない菫子には、妹の話がとても馬鹿馬鹿しく聞こえているようだった。けれど、そのあいだずっと、菫子は呆《あき》れたような顔をしていた。

「桜子、馬鹿げたことを言わないで。怒るわよ」

苛立《いらだ》ったような口調で菫子が言った。整ったその顔には怒りの表情が浮かんでいた。

「本当よ。本当に恐怖新聞が届いたのよ。女の人の『しんぶーん』って声がして、あそこの窓から恐怖新聞が投げ込まれたのよ」

窓を指差して桜子は言った。その窓から新聞が飛び込んできた時のことを思い出して、全身にあの恐怖が甦《よみがえ》った。

「窓から投げ込んだって……ここは十一階でしょう？　その女はバルコニーにいたの？」

「違うの。誰もいなかったの」

「だったら、どうやって十一階に新聞を投げ込めるのよ？　その女、空が飛べるわけ？」

一段と苛立った口調で姉が詰め寄った。

「そうだ。実際に恐怖新聞を見れば、お姉ちゃんだって納得できるわ」

そう言うと、桜子は部屋の片隅のゴミ箱に歩み寄り、少し前に捨てた『恐怖新聞』をその中から取り出した。

「ほらっ、見てよ。これが恐怖新聞よ」

桜子は手にした『恐怖新聞』を姉に突き出した。

けれど、孝二郎の母に見せた時と同じように、それはどこにでもある一般紙に変わってしまっていた。

「これのどこが恐怖新聞なのよ？　桜子、あんた、字も読めなくなったの？」

目を吊り上げた姉が、ヒステリックな口調で言った。

「でも……確かにこれは恐怖新聞だったのよ。本当なのよ。信じて、お姉ちゃん」

皺《しわ》の寄った新聞を握り締め、桜子は必死で訴えた。けれど、心の中では姉を納得させることはできないだろうとも感じていた。

昔から、姉は桜子を馬鹿にしているところがあって、たとえ自分が間違っていても、めったに非を認めようとはしなかった。

「そんな馬鹿な話を信じられるわけがないでしょう？　こんな話、もうやめましょう。いくら話し合ったって埒《らち》が明かないわ」

あからさまな溜《た》め息《いき》をつきながら菫子が言った。

「もしかしたら、恐怖新聞は、見える人にしか見えないんじゃないかしら？」

ふと思いついて、桜子は言った。そう考えれば合点が行くような気がした。

「うん。確かに桜子ちゃんの言う通りなのかもしれない」

桜子が手にしている新聞を覗《のぞ》き込むように見つめた富井裕太が、難しい顔をして口を挟んだ。

「桜子ちゃんの言うように、恐怖新聞っていうやつは、見える人にしか見えないのかもしれない」

「裕太まで馬鹿なことを言わないでよ。恐怖新聞なんてものが、この世に存在するはずがないでしょう？」

姉が今度は自分の恋人に食ってかかった。

「そんなことがどうして断言できるんだ？　存在しないっていう証拠でもあるのか？」

難しい顔の裕太が、姉の目を見つめて訊いた。

「恐怖新聞なんて、馬鹿馬鹿しい都市伝説に決まってるじゃない？　どこかの誰かが、面白がって言いだした作り話よ」

少し口早に姉が言った。興奮のために顔が赤くなっていた。

「ねえ、菫子。桜子ちゃんが見たって言うんだから、少なくとも僕たちだけは、それを信じてあげるべきなんじゃないか？」

諭《さと》すような口調で裕太が言った。「実際、桜子ちゃんは孝二郎くんが死ぬと知っていて、彼を止めにピザ屋に行ったんだぜ。そして、孝二郎くんは本当に交通事故に遭って死んだんだ。それを考え合わせると、桜子ちゃんがデタラメなことを言っているとは、僕にはとても思えないんだ」

裕太が桜子に視線を向けて優しく微笑《ほほえ》んだ。

「それはそうかもしれないけど……」

姉が困ったような顔をして言葉を濁した。

「恐怖新聞っていうのは、本当にあるのかもしれないと僕は思うんだ。存在しないものの噂が、こんなにも長いあいだ、こんなにも広い地域で語り続けられるはずがないような気がするんだ」

そう言うと、裕太は自分が聞いている『恐怖新聞』に関する都市伝説を語り始めた。読むたびに命が百日縮むということや、その予言が外れることはないということも含めて、それは桜子が耳にしていた噂話とほぼ同じだった。

「だったら、やっぱり……わたしのところには。これから毎晩、恐怖新聞が配達されるの？　それを読むたびに、わたしの命は……百日ずつ縮んでしまうの？　わたしは人の百倍の速さで年をとって……一年もしないうちに……死んでしまうことになるの？」

呻くように桜子は言った。かつて感じたことがないほどに強烈な恐怖が、華奢《きやしや》な全身を包み込んだ。

「大丈夫だよ、桜子ちゃん。きっと何か打つ手があるはずだ。そうだ。僕に少しだけ時間をくれないか？　恐怖新聞について、ちょっと調べてみたいんだ」

優しい口調で裕太が言い、桜子は涙ながらに頷いた。

5.

その晩、姉と裕太の三人でテーブルを囲み、桜子はふたりが買ってきてくれた惣菜などを食べた。

食事の途中で桜子は姉に、今夜はここに泊まっていって欲しいと懇願した。

「お願い、お姉ちゃん。わたし、怖くてひとりじゃいられないわ」

「そんなの無理よ。わたし、あしたも休日出勤なのに、ここには着替えもないし、会社に持っていかなきゃならない書類が家に置いたままだし……」

姉は渋い顔をした。

「お願いよ、お姉ちゃん。わたしをひとりにしないで」

桜子はさらに哀願した。もしかしたら、今夜もあの女が『恐怖新聞』を届けに来るかもしれないのだ。いや、おそらく来るのだ。

そんな部屋にひとりでいたくなかった。

「桜子ちゃんがこんなに頼んでるんだ。菫子、泊まっていってやれよ。あしたは早起きして、いったん、家に戻ればいいじゃないか」

食事の手を止めた裕太が、助け舟を出してくれた。

「わかったわ。面倒だけど、泊まっていってあげる」

溜め息をひとつついたあとで、渋々といった顔をして姉が言った。

午後十時をまわった頃に、富井裕太は桜子を気遣いながらも帰っていった。帰り際に裕太は、なるべく早く対策を考えるから心配しすぎないようにと、優しい口調で言ってくれた。桜子にはそれが嬉しかった。

桜子の部屋にベッドはひとつしかなかったが、上京する時に両親が買ってくれた来客用の布団が一組あった。姉が入浴しているあいだに、桜子はその布団をフローリングの床に敷き、来客用にと買ってあったパジャマを脱衣所に置いた。

この部屋には十日に一度くらいずつ八代美鈴《やしろみすず》が泊まりに来た。中村翠《なかむらみどり》も何回か来て、その布団で眠っていった。けれど、菫子がここに泊まるのは初めてだった。

桜子は窓を閉め、しっかりと鍵をかけた。カーテンも隙間ができないように閉めた。そうすれば『恐怖新聞』が投げ込まれることはないのではないかと考えたのだ。

入浴を終えた姉と入れ替わるように、桜子は浴室へと向かった。

ふと前夜のことを思い出した。

前夜、入浴をしていた時の桜子は幸せだったのだ。理由のわからない不安を覚えてはいたけれど、それでも、あの時はまだ幸せを壊すようなことは何も起きていなかったのだ。

それなのに……あれからまだ丸一日も経《た》っていないというのに、これほどの災難が降りかかって来るとは、今になってもまだ、この現実を受け入れることができなかった。

どうしてこんなことになってしまったんだろう？　やっぱり、幸せすぎたから罰《ばち》が当たったのかな？

細長い浴槽に身を横たえ、桜子はそんなことを考えていた。

ひとりの人間に与えられた幸せには限りがある。

昔、何かの本にそう書かれていたのを思い出した。もしかしたら、桜子はすでに一生分の幸せを使い果たしてしまったのかもしれなかった。

6.

仕事で疲れているらしい姉は、桜子が浴室から出て来た時にはすでに布団に身を横たえ、気持ちよさそうな寝息を立てていた。

そんな姉の寝顔を、桜子はじっと見つめた。

姉を羨んだことはあまりなかった。けれど、今、桜子は姉が羨ましいと心から思った。

姉には富井裕太という素敵な恋人がいた。やり甲斐《がい》のある仕事があり、これから何十年と続く人生があった。

けれど、桜子には何もなかった。もし、このまま対策を見つけられずにいたら、おそらく桜子は二十歳の誕生日を迎えることができないのだ。

そう考えると、強い吐き気が喉元まで込み上げた。

その吐き気に耐えながら白い木綿のナイトドレスを身につけると、桜子は小さなベッドにそっと上がった。

壁の時計に目をやると、その針は十一時四十五分を指していた。桜子はサイドテーブルに載った笠《かさ》付きの電気スタンドの明かりを消し、羽毛の詰まった枕に後頭部を埋《うず》めてベッドに横になった。

姉はぐっすりと眠っていたが、桜子は眠れなかった。

今夜もあの女が来るのだろうか？

窓のカーテンを見つめて桜子は思った。

カーテンを閉め切った部屋の中はかなり暗かったから、壁の時計を見ることはできなかった。けれど、間もなく午前零時になるはずだった。

来ないで……お願い……もう来ないで……。

汗ばんだ手を握り締めて桜子は強く願った。

けれど、その願いはかなわなかった。すぐに、桜子の耳にハイヒールの足音が飛び込んできたのだ。

そのことに桜子は震え上がった。

コツ、コツ、コツ、コツ……。

ハイヒールの足音はどんどんこちらに近づいているようだった。窓を閉め切っているにもかかわらず、桜子は大きくなっていく硬質なその音をはっきりと聞いた。

コツ、コツ、コツ、コツ……。

ハイヒールの足音はさらに近づき、近づき、近づき……やがて、昨夜と同じように、「しんぶーん」という女の声が部屋の中に響いた。その声の直後に、明かりの消えた部屋の中を何枚もの新聞紙がバサバサと、命を持っているかのように舞い始めた。

そう。窓が閉まっているにもかかわらず、どこからか新聞紙が出現したのだ。

「いやーっ！　いやーっ！」

桜子は思わず凄まじい悲鳴を上げた。

「どうしたの、桜子？　何があったの？」

妹の悲鳴に、姉の菫子が目を覚ました。

「来たのよっ！　恐怖新聞が来たのっ！」

そう叫びながら、桜子は電気スタンドの明かりを灯《とも》そうとした。けれど、それは簡単なことではなかった。それほどまでに手が震えていたのだ。

ようやく明かりを灯した桜子は、恐怖に打ち震えながら室内を見まわした。

フローリングの床に何枚もの新聞紙が散乱していた。『恐怖新聞』に違いなかった。

すぐに菫子が布団を跳《は》ね除けて立ち上がり、床に散乱している新聞紙を集め始めた。

けれど、桜子は動けなかった。恐ろしくて動くことができなかったのだ。

「恐怖新聞よっ！　やっぱり来たのよっ！　どうしてなのっ！　窓は閉まっているのに、いったいどこから入ってきたのっ！」

半狂乱になって桜子は叫んだ。

「違うわよ、桜子。見なさい。これのどこが恐怖新聞なの？」

菫子が床から拾い上げた新聞を桜子の目の前に突き出して言った。

姉の言う通りだった。姉が手にしているのは『恐怖新聞』などではなく、富井裕太の会社が発行している一般紙だった。

「確かにそうだけど……でも、この新聞はどこから来たっていうの？　窓はちゃんと閉まっているのよ。それなのに、どこから入ってきたの？」

歯の根も合わないほどに震えながら桜子は言った。

「そうね……それは、ええっと……たぶん、もともとこの部屋にあった新聞が……そうね。あの……何かの拍子に飛び散ったんじゃないかしら？」

視線をさまよわせ、考えるような顔になった姉が言った。

「そんなはずないわ。だって、わたし、新聞はとってないもん」

「うーん……確かに、少し変かもね。でも、安心しなさい、桜子。これは本当に普通の新聞よ。恐怖新聞なんかじゃないわ」

幼い子供に言い聞かせるかのように姉が言った。「いい、桜子？　恐怖新聞なんてものは存在しないのよ。あれは子供たちのあいだで噂されている都市伝説なのよ」

そんなことを言いながら、菫子は部屋に散乱していた新聞を手早く拾い上げ、それらをすべて丸めてスチール製のゴミ箱の中に押し込んだ。

配達されたのは『恐怖新聞』ではなかったが、桜子の恐怖が和らぐことはなかった。

桜子は姉に懇願して同じベッドで寝てもらうことにした。

桜子が使っているベッドはとても小さくて、ふたりの人間が寝るには窮屈すぎた。けれど、とてもではないが、ひとりで寝る気にはなれなかった。

「わたしが桜子と同じベッドで一緒に寝るの？　窮屈そうで、嫌だなあ」

姉はそう言って苦笑いした。けれど、妹の必死の願いを拒みはせず、桜子の隣に来てくれた。姉と同じベッドで寝るのは、覚えている限りでは初めてだった。

「ありがとう、お姉ちゃん」

姉の体にしがみつくようにして桜子は言った。薄いパジャマを通して、姉の体温が桜子の体に伝わってきた。

「どういたしまして」

そう言った数秒後に、姉はまたすぐに寝息を立て始めた。残業続きだったというから、よほど疲れているのかもしれなかった。

けれど、桜子は眠れなかった。

眠れないまま、桜子は十九歳の誕生日に孝二郎からもらったルビーの指輪に触れた。

そして、桜子は思い出した。テニスサークルのコンパで、初めて孝二郎に声をかけられた時のことを思い出した。『早川さん、おいらの恋人になってくれないか？』と言った時の彼の無邪気な笑顔を思い出した。

とめどなく溢れた涙が、こめかみの辺りを伝って耳の中に流れ込むのがわかった。

7.

翌朝、姉は早い時刻に桜子の部屋を出た。いったん自宅に戻り、着替えをしてから出勤するということだった。

「裕太はあんなことを言ったけど、恐怖新聞なんてあるはずがないのよ。根拠のない都市伝説なのよ。だから、気にしちゃダメよ。いいわね、桜子？」

部屋を出て行く前に、玄関のたたきに立った姉が言った。

その言葉に桜子は力なく頷き、顔を歪《ゆが》めるようにして無理に笑顔を作った。

慌ただしく姉が出て行き、ひとり残された桜子は、ナイトドレスのままベッドに腰掛け、窓から差し込む朝日に照らされた床をぼんやりと見つめた。

きょうも天気がいいようだった。本当なら、きょうは正午に渋谷駅前で孝二郎と待ち合わせ、繁華街のカフェかファストフード店で昼食をとり、その後は映画を見たり、買い物をしたりして夜まで一緒に過ごすことになっていた。

「どうして死んじゃったの？　……孝二郎……孝二郎……」

誰にともなく桜子は呟《つぶや》いた。止まったと思った涙が、またしても溢れ出した。

何気なく顔を上げると、ゴミ箱にたくさんの新聞紙が押し込まれているのが見えた。桜子はふらふらと立ち上がり、そのゴミ箱に歩み寄った。そこにあるのが本当に富井裕太の新聞社のものなのか、もう一度、確かめてみるつもりだった。

桜子はマニキュアに彩られた手をゴミ箱に伸ばし、姉がそこに押し込んだ新聞紙を恐る恐る取り出した。

その瞬間、全身を凄まじい戦慄が貫いた。ゴミ箱から出てきたのが、すべて『恐怖新聞』だったからだ。

「いやーっ！　いやーっ！」

手にした新聞を床に投げ出して桜子は叫んだ。恐怖のあまり、正気を失いそうだった。

パニックは一分近く続いた。

ようやく、我に返った桜子は、投げ捨てた『恐怖新聞』を震える手で拾い上げた。今すぐゴミ袋に押し込んで、マンションのゴミ捨て場に捨てに行こうと思ったのだ。

けれど、その瞬間、桜子の目は新聞の活字に釘付《くぎづ》けになった。目を逸《そ》らしたくても、どうしてもそれができなかった。

『恐怖新聞』の一面には桜子と八代美鈴の名前が書かれていた。孝二郎が死んだことを知った美鈴が、心配して桜子を訪ねてくるというのだ。

「どうしてなの？　いったい……どうして、そんなことまでわかるの？」

呻くように桜子は呟いた。その瞬間、サイドテーブルに置いてあるスマートフォンがけたたましく鳴り始めた。

「いやーっ！」

桜子はまたしても悲鳴をあげた。

スマートフォンの画面には『美鈴』という文字が浮き上がっていた。

恐怖に打ち震えながらも、桜子は電話に出た。

『もしもし、桜子？　孝二郎くんのこと聞いたよ』

耳に押し当てたスマートフォンから、心配そうな八代美鈴の声が聞こえた。『これから、そっちに行ってもいい？』

「美鈴、来て……待ってる」

桜子は小声で答えた。『恐怖新聞』に予言されたことであったとしても、今は美鈴に会えるのが嬉しかった。


電話から十五分としないうちに、美鈴が桜子の部屋のインターフォンを鳴らした。

ひとり暮らしを始めたばかりの頃には、美鈴は大学のすぐ近くのアパートに住んでいた。だが、今は桜子のマンションのすぐ近くにマンションの一室を借りていた。『桜子の近くにいたいから』というその理由を、美鈴は友人たちに平気で公言していた。

きょうも美鈴は飾り気のない長袖のTシャツに、色褪《あ》せたジーパンという格好をしていた。足元は薄汚れたデッキシューズで、いつものように、その顔には化粧っ気がなかったし、アクセサリー類もいっさい身につけていなかった。

「桜子、大丈夫？」

心配そうな顔をした美鈴が、桜子の顔をじっと見つめて訊いた。

「ダメ……わたし、全然大丈夫じゃないの」

絞り出すかのように桜子は言った。その瞬間、また涙で視界が霞《かす》み始めた。桜子はいまだに木綿のナイトドレス姿だった。

悲しげに顔を歪めた美鈴が、何も言わずに何度か頷いた。それから、両手で桜子に歩み寄り、その体をそっと優しく抱き締めた。

「美鈴……わたし、これからどうしたらいいかわからない……」

桜子は呻くように言った。そのあいだも、目からは絶え間なく涙が溢れ出ていた。

8.

『恐怖新聞』が届けられてからのことを、美鈴にも桜子は一から順番に説明した。

笑い飛ばされるかもしれないと思った。呆れられるかとも考えた。けれど、美鈴は笑い飛ばしたりはしなかったし、馬鹿にしたような顔をすることもなかった。

「美鈴……信じてくれるの？」

桜子はおずおずと尋ねた。

「桜子の言うことを、わたしが信じないはずがないじゃない？」

桜子の目を真っすぐに見つめて美鈴が言った。

その言葉を耳にした瞬間、桜子の目から新たな涙が溢れ出た。

「それで、恐怖新聞はここにあるの？」

室内を見まわしながら美鈴が尋ねた。

「あるよ」

「あるのね？　じゃあ、見せて」

「美鈴、あの……本当に見たいの？」

桜子は少し驚いた。あんなものを見たいと言う女の子がいるとは考えられなかった。

「うん。ぜひ見たい。だから見せて」

きっぱりとした口調で美鈴が言い、桜子はゴミ袋に詰め込んだばかりの『恐怖新聞』を恐る恐る取り出し、美鈴のほうに差し出した。

もしかしたら、また一般紙になってしまうのかもしれないと思った。けれど、そうではなかった。

美鈴には『恐怖新聞』が見えているようだった。

「ふーん。これが恐怖新聞なのかあ」

くしゃくしゃの新聞に視線を落とした美鈴が、落ち着いた口調で言った。

「見えるの、美鈴？　あの……美鈴にも恐怖新聞が見えているの？」

美鈴の顔を覗き込むようにして桜子は尋ねた。

「見えてるよ。ちゃんと見えてる」

「本当に見えてるの？　恐怖新聞がちゃんと見えてるの？」

しつこいかと思いながらも、もう一度、桜子は訊いた。

「見えない人がいるの？」

新聞から視線を上げた美鈴が不思議そうな顔をして訊いた。

それで桜子は孝二郎の母にも、自分の姉やその恋人にも、『恐怖新聞』が見えなかったことを話した。

「なるほどね。そういえば、恐怖新聞は見える人にしか見えないって、そんな話を聞いたことがあるよ」

再び『恐怖新聞』に視線を落とした美鈴が言った。

「美鈴は恐怖新聞についてよく知ってるの？」

桜子は尋ねた。美鈴が少しも怖がっていないことに驚いていた。

「よく知ってるわけじゃないよ。でも、恐怖新聞についてはいろいろと聞いてるよ」

そう言うと、美鈴は自分が知っている『恐怖新聞』についての知識を桜子に話してくれた。彼女は昔から『恐怖新聞』の噂に興味を抱いていたようで、桜子や富井裕太の知らないこともいくつか知っていた。

その美鈴によれば、『恐怖新聞』をここに届けたのは、桜子の憑依霊《ひょういれい》なのだということだった。

「憑依霊？」

桜子はゾッとしながら素早く辺りを見まわした。背筋が冷たくなるような気がした。

「うん。恐怖新聞はその人に取り憑《つ》いている悪霊《あくりょう》が届けるって聞いたことがあるよ。若い女の声が聞こえるなら、その悪霊は若くして死んだ女なのかもしれないね」

美鈴の言葉に、桜子はぶるると体を震わせた。


強い恐怖に駆られながらも、桜子はバッグの中に入れたままになっていた『恐怖新聞』を取り出して美鈴に見せた。最初に届けられた、孝二郎の死を予言した新聞だった。

美鈴は落ち着いた態度で、その紙面に視線を落とし始めた。

「本当にいろいろな予言が書いてあるんだね」

紙面に視線を走らせながら美鈴が言った。「井本《いもと》くんのことは当たったけど、ほかの予言は当たっているのかな？　桜子、調べてみた？」

「調べてないわ。そんなこと調べたって、どうしようもないじゃない？」

「それじゃあ、これから調べようよ」

顔を上げた美鈴が平然とした口調で言った。

「そんなこと嫌よ。怖いわ」

「こういうことは、きちんとさせないと。パソコンを借りるよ」

そう言うと、美鈴は部屋の片隅に置かれている机に歩み寄った。机の上には両親に買ってもらったノート型のパソコンが置かれていた。

美鈴は机の前に座ると、そのパソコンを立ち上げ、『恐怖新聞』に予言された殺人事件や火事や交通事故や自殺が本当にあったのかどうかを調べ始めた。

桜子はベッドの上に腰を下ろし、キーボードを叩《たた》き続けている美鈴の様子をぼんやりと見つめていた。美鈴は一緒に調べようと言ったが、とてもではないが、パソコンの画面を覗き込む気にはなれなかった。

「うーん。驚いた。当たってるよ。どの予言もぴったりと的中してるよ」

キーボードを叩き続けながら美鈴が言った。「練炭で四人が集団自殺したっていうこの記事はどうかな？　ええっと……あっ、これも的中してる。三人が焼死したっていう、この埼玉《さいたま》県の火事はどうなんだろう？　ええっと、当たってるのかな？　……あっ、これも的中してるよ。びっくりだね。火災発生時刻まで正確に予言されてる。うーん。やっぱり、ここに書いてあることはみんな本当なんだ」

パソコンの画面を見つめた美鈴が感心したようにいった。

「もうやめて、美鈴。わたし、怖くておかしくなりそう」

美鈴はベッドの上で頭を抱え、声を震わせて言った。

「落ち着きなさいよ、桜子」

「落ち着けるわけがないでしょう？　それを読むたびに、わたしの命は百日も縮むのよっ！　二日分の新聞を読んだわたしの命は、もう二百日も縮んじゃったのよっ！」

桜子はヒステリックな声を上げた。

「わたしも二日分読んだよ。ということは、わたしの命も二百日縮んだのか」

相変わらず、平然とした口調で美鈴が言った。

その言葉に桜子はハッとなった。自分が美鈴を、とんでもないことに巻き込んでしまっていることに気づいたのだ。

「ごめんなさい、美鈴。赤の他人の美鈴を、こんな忌《い》まわしいことに巻き込んでしまって……」

泣き腫らした顔を歪めて桜子は謝罪した。自分が彼女の命を二百日も縮めてしまったことに、猛烈な罪悪感を抱いたのだ。

「赤の他人だなんて言わないで。水くさいじゃない」

美鈴が優しい笑みを浮かべて言った。「謝ることなんかないよ。命の長さなんて、誰にもわからないんだから。わたしは何も気にしていないよ」

「でも……やっぱりごめん。もう帰って、美鈴。わたしのことは放っておいて」

必死で気を落ち着かせようとしながら、桜子は言った。大切な親友をこれ以上、こんな恐ろしいことに巻き込みたくなかった。

「放ってなんかおけないよ。親友が困ってる時に、放っておけるはずがないじゃない？」

「でも……」

「そうだ、わたしの祖父に相談してみよう」

名案を思いついたかのように美鈴が言った。彼女の実家は鎌倉《かまくら》の寺で、祖父も父もそこで僧侶をしていた。

「美鈴のおじいちゃんに？」

「うん。サラリーマンだった父と違って、祖父はかなりの修行を積んだ徳の高いお坊さんで、霊能力もあるんだよ」

美鈴がまたにっこりと微笑んだ。

「美鈴……こんなにも親身になってくれて、ありがとう」

そう言うと、桜子も強張《こわば》った顔を歪めるようにして微笑んだ。


すぐに美鈴は祖父に電話をしてくれた。

孫の話を聞いた美鈴の祖父は、桜子に会うと言ってくれた。けれど、彼は今、仕事で京都《きょうと》に出かけていて、鎌倉に戻って来るのはあしたの昼すぎになるようだった。それで桜子はあしたの午後、美鈴とふたりで鎌倉の寺を訪れることになった。

「よかったね、桜子。おじいちゃんなら、きっと力になってくれるよ」

美鈴がまた優しく微笑み、桜子は「ありがとう」と言って目を潤ませた。

9.

美鈴と友人になったのは、大学に入学してすぐの時だった。大教室の片隅にひとりで座っていた桜子に、「あの……ここに座ってもいい?」と、美鈴が声をかけてきたのがきっかけだった。

男の子だったら、女の子たちにモテるだろうな。

それが美鈴への桜子の第一印象だった。

画家になるという夢を抱いている美鈴は、美術大学への進学を希望していた。けれど、希望していた国立の芸術大学の油絵科の受験には失敗してしまったという。

美鈴は浪人してでもその大学の油絵科に行きたかったようだが、両親が「女の子は浪人なんかするべきじゃない」と言って、それを決して許してくれなかったと聞いている。

ひとりっ子の美鈴は両親から、いずれは養子を迎えて鎌倉の寺を継ぐように言われているらしかった。だが、彼女はそのことに強く反発していた。

「たった一度の人生をお寺のために犠牲にするなんて、冗談じゃないわ」

苛立ったような口調で美鈴が言うのを、これまでに桜子は何度か耳にしていた。

美鈴がきょうは自分の部屋に来て泊まっていくよう桜子に提案した。美鈴のマンションまでは歩いて十分ほどだった。

「わたしのところにいれば、恐怖新聞は来ないかもしれないよ」

それほどに自分を想《おも》ってくれる美鈴の気持ちは嬉しかったが、桜子は頷くことをためらった。こんなことに、これ以上、美鈴を巻き込みたくなかったのだ。

それでも、美鈴に強く勧められて、桜子は唇を嚙《か》み締めて頷いた。

きょうで四月も終わりだった。マンションを出ると、爽やかな風が吹いていた。日差しはとても強くて、日向《ひなた》に出ると汗ばむほどだった。

美鈴のマンションに行く途中には、大きなスーパーマーケットがあった。ふたりはその店に立ち寄って、夕飯の食材を購入することにした。

十日に一度くらいの割合で、美鈴は桜子の部屋に泊まりに来ていた。そんな時にはいつも、その店で一緒に食材を買っていた。ボーイッシュな見かけによらず、美鈴は料理が上手だった。

昼前のスーパーマーケットはそれなりに混雑していた。そんな店の中を歩きながら、美鈴と桜子はショッピングカートの中に次々と食材を入れていった。美鈴の提案で、今夜はふたりで中華料理を作ることにした。

肉売り場の前を通った時に、桜子はまた孝二郎のことを思い出した。

自宅から近いということもあって、桜子は実に頻繁にこの店を訪れていた。孝二郎とふたりで来たことも何度となくあった。

桜子は肉が苦手だったが、孝二郎は肉が大好きだった。それでふたりでここに来るたびに、パックに入った豚肉や鶏肉《とりにく》を買って桜子のマンションに向かったものだった。

桜子は加熱した肉から立ち上るにおいが特に苦手だった。それでも、孝二郎の喜ぶ顔を見たくて、料理の本と睨《にら》めっこをしながらいろいろな肉料理を作った。孝二郎はトンカツや鶏の唐揚げが大好きだった。焼き鳥も好きだったし、ポークソテーも好きだった。ビーフカレーではなく、ポークカレーが好きだという彼のために、桜子は何度となく豚肉を使ってカレーを作ったものだった。

わたしが作ったカレーを食べている孝二郎の顔を見ることは、もう絶対にないんだ。

そう考えると、急に強烈な悲しみが甦って、桜子は両手で顔を覆ってその場にしゃがみ込んでしまった。

孝二郎の葬儀の日取りはまだ決まっていないようだった。遺体の損傷があまりにもひどいために、納棺師が遺体の修復に手間取っているのが理由のようだった。

「桜子、大丈夫？」

桜子の脇に身を屈《かが》めた美鈴が心配そうに尋ねた。

「ごめん。何でもないの。ごめんね」

桜子は慌てて立ち上がった。ほかの買い物客たちが、こちらに好奇の視線を向けているのが感じられた。

美鈴の部屋はマンションの七階にあった。広くはなかったけれど、その部屋はいつ来ても清潔で、すべてのものがきちんと整理されていた。窓にカーテンはなく、その代わりに、淡い緑色をした洒落ちたロールスクリーンがかけられていた。

家具が少なく、置物やぬいぐるみのようなものはまったくなかったから、桜子にはいつも少し殺風景に感じられた。余計なものは置かないというのが、美鈴のライフスタイルだった。

美鈴の部屋にはベッドがなく、布団も一組しかなかったから、これまではこの部屋に桜子が泊まったことはなかった。けれど、今夜はフローリングの床に敷いた布団に、美鈴と一緒に寝ることになっていた。

白い壁には美鈴が描いた油絵が、額に収められて何枚も掛けられていた。その多くが風景画や静物画だったが、母親だという女を描いた絵や自宅で飼っている猫の絵もあった。

「美鈴って、本当に絵が上手なんだね」

ここに来た時にはいつもそうしているように、桜子は壁の絵を一枚一枚、鑑賞するかのように見つめた。

「ありがとう。お世辞でも嬉しいよ」

「お世辞じゃない。本当にそう思うよ」

力を込めて桜子は言った。

美鈴の画風は写実的ではあったが、タッチが力強くて、意志の強さのようなものがはっきりと感じられた。

「本当にそう思ってるなら、モデルになってくれる?」

顔色を窺《うかが》うかのように桜子を見つめて美鈴が訊いた。「実は、わたし、前から桜子をモデルに絵を描いてみたいと思ってたんだ」

「わたしでよければ、モデルになるよ」

桜子は言った。高校生の頃、美術部の男子生徒たちに頼まれて、何度か絵のモデルをしたことがあったのだ。

「本当？　本当にモデルになってくれる？」

「お安い御用だよ」

桜子が答え、美鈴がとても嬉しそうな顔で笑った。

10.

午後のひとときを、桜子は美鈴とふたりでショパンやモーツァルトを聴きながら、紅茶を飲んだり、とりとめのない話をしたり、スーパーマーケットで買ってきた菓子を食べたりして静かにすごした。

物静かで包容力のある美鈴とすごしていると、いつもなら安らいだ気持ちになれた。けれど、きょうは何をしていても、『恐怖新聞』が頭から離れなかった。

「もし、美鈴の考えているように、あの新聞を届けているのがわたしの憑依霊なのだとしたら……その女はどうしてわたしに取り憑いたのかしら？　世の中にはこんなにもたくさんの人がいるっていうのに、どうしてわざわざわたしを選んだのかしら？」

空になりかけた紅茶のカップを見つめて、つぶやくように桜子は言った。

「それはわたしも考えていたことだよ」

腕組みをした美鈴が言った。「もしかしたら、桜子は霊感が強いんじゃないかな」

「霊感？」

桜子は視線を上げ、向かいにある美鈴の顔を見つめた。

「桜子は人魂《ひとだま》を見たことがある？」

その問いは桜子を戸惑わせた。人魂を何度となく目撃していることを誰かに話したことはなかったし、これからも誰にも言わないつもりだったから。

「実はね、美鈴。わたし、人魂を見たことがあるの。あの……何度も見ているの」

気味の悪い女だと思われるのではないかと危惧しながらも、桜子は小声でそう言った。

「やっぱりね。そうじゃないかと思ってたんだ」

平然とした口調で美鈴が言った。


その午後、美鈴は桜子に自分の心霊体験の数々を語った。鎌倉の美鈴の実家の寺には大きな墓地があって、幼い頃から彼女はその墓地で何度となく人魂を目にしているということだった。

美鈴の両親には霊感がなく、不思議なものを目にしたことはないようだったが、美鈴の祖父は奇妙な体験を数え切れないほどしているということだった。

「人魂だけじゃなくて、夜中にその墓地からすすり泣くような声や、笑い声がするのを聞いたことも何度もあるんだ。幽霊じゃないかっていう人影を見たこともあるよ」

真剣な顔で桜子を見つめて美鈴が言った。

美鈴がそんな打ち明け話をしてくれたので、桜子は祖母が死んだ時に、遺体から湧き出てきた白い煙のことを話した。祖父が死ぬ時に、桜子の部屋に現れた話もした。

「桜子のおばあちゃんの体から出てきた煙は、たぶんゆうたいだろうね」

美鈴が言った。相変わらず、美鈴は桜子の目を真っすぐに見つめていた。

「ゆうたい？　それ、なあに？」

桜子は訊き返した。それは初めて耳にする言葉だった。

「幽霊の幽に、体って書いて幽体だよ。おじいちゃんによると、人間は肉体と霊魂とが重なってできているらしいんだ。肉体と霊魂とは、ふだんはたまのおっていう紐《ひも》みたいなもので繫《つな》がっているんだって」

「たまのお？」

桜子はまた訊き返した。それもまた初めて聞いた言葉だった。

「うん。魂に鼻緒の緒って書いて、たまのおって読むんだ。おじいちゃんが言うには、人が死ぬっていうことは、肉体が滅びて、霊魂だけが生き残るっていうことなんだって。肉体が滅びると、魂の緒が切れて、肉体から離れた霊魂が宙に浮き上がるんだ。その霊魂のことを幽体っていうんだよ。桜子が見た白い煙はまさしく幽体だね」

ゆっくりとした口調で美鈴が説明した。

「でも、同じ病室にいた家族には何も見えなかったのよ」

あの時のことを思い出しながら桜子は言った。恐ろしくて、また鳥肌が立っていた。

「幽体は見ることができる人と、見ることができない人とがいるんだ。恐怖新聞と同じだよ」

桜子は無言で頷いた。相変わらず、怖くて背筋がゾクゾクしていたし、皮膚には鳥肌が立っていたが、これで納得できたような気がした。

美鈴の祖父によれば、死体から離れた幽体は、やがて白い人間の形に固まるらしかったが、白い玉のような形に固まる場合もあるようだった。この玉のような幽体が魂の緒を引いて飛んでいるのが人魂だということだった。

「桜子には人魂が見えるし、わたしにも見える。わたしたち、仲間なんだよ」

嬉しそうに美鈴が言い、桜子は無言で頷いた。

11.

夕食をとる前に、桜子は美鈴と一緒に入浴した。

美鈴が桜子の部屋に泊まりにきた時には、ふたりはいつも一緒に入浴していた。中村翠が泊まりにきた時もそうだった。けれど、桜子がこの部屋で入浴するのは初めてだった。

「いつも思うけど、桜子って、本当にスタイルがいいんだね。どうしてこんなにウェストが細いの？」

脱衣所で裸になった桜子を、まじまじと見つめて美鈴が言った。「脚だってものすごく細くて長いし、腕も細くて長い……ファッションモデルになればよかったのに」

「ありがとう」

頬を赤く染めながら、桜子はそう礼を言った。同性とはいえ、裸体をそれほどまでに見つめられることが恥ずかしかった。

「ねえ、絵のモデルになってくれる話だけど……ヌードでもいいかな？」

自分も裸になった美鈴が訊いた。美鈴は贅肉《ぜいにく》がほとんどなく、男の子のように筋肉質な体をしていた。「裸の桜子を、どうしても描いてみたいんだ。描かせてくれない？」

真剣な目で美鈴が桜子を見つめた。

「そんな……恥ずかしいわ」

桜子は執拗《しつよう》な美鈴の視線から逃れるかのように、彼女に背を向け、湯気の立ち込めた浴室に足を踏み入れた。

「いいじゃない、桜子？　お願い。ヌードを描かせて」

桜子に続いて浴室に入ってきた美鈴が言った。

「そうね。考えておいてあげる」

背後の美鈴を振り向き、桜子はそう答えた。心の中では、美鈴のためにだったら、ヌードモデルを務めてあげてもいいかなと考えていた。

夕食は中華風スープに、春雨を入れた中華風サラダ、それに、蟹玉《かにたま》と五目炒飯《チャーハン》というメニューだった。肉が食べられない桜子を気遣い、美鈴は今夜の料理に肉類をいっさい使わなかった。

ふたりで作ったそれらを、桜子は烏龍茶《ウーロン》を飲みながら美鈴と向き合って食べた。四月生まれの美鈴はすでに二十歳になっていたが、アルコールは飲まないようで、桜子と同じ烏龍茶を啜《すす》っていた。

桜子は持参したピンクのナイトドレスを着ていた。踝《くるぶし》までの丈のフェミニンなデザインのナイトドレスだった。美鈴のほうは白と水色のストライプ模様のパジャマ姿だった。

少し蒸し暑い夜だったが、桜子の希望で窓は閉められ、施錠までされていた。ロールスクリーンも下ろされていた。

夕食を済ませると、ふたりで食器を洗った。その後はテーブルに向き合って座り、とりとめのないことを話しながら、またショパンやモーツァルトを聴いた。

時計の針が間もなく午前零時を指そうという頃に、美鈴がクロゼットの中から出した布団を、フローリングの床にじかに敷き始めた。

「マットレスがないから、もしかしたら体が痛いかもしれないけど、我慢してね」

布団を敷きながら美鈴が言った。

「美鈴はどうしてベッドを買わないの？」

「どうしても必要なもののほかには、何も置きたくないのよ」

美鈴が答えた。彼女はテレビさえ必要がないと思っているようだった。

布団を敷き終わると、天井の明かりを灯したまま美鈴はそこに潜り込んだ。

母や姉以外の同性と同じ布団に寝ることにわずかな抵抗を覚えながらも、桜子はそっと掛け布団を持ち上げて、美鈴の脇に静かに身を横たえた。

「もうすぐ十二時だね。来るのかな？」

壁の時計に視線を向けた美鈴が言った。その口調は何となく楽しげだった。

「来ないで欲しいわ」

祈りを込めるかのように桜子は言った。もし、部屋を移ることで『恐怖新聞』から逃れることができるのなら、引越しをしてもいいと考えていた。

「来ないといいね。でも、わたしは来るような気がする」

美鈴が言った。その口調はやはり楽しげだった。

「嫌なことを言わないで」

桜子がそう言った時、時計の長針が動き、短針と長針が『12』のところで重なった。

「午前零時だ」

美鈴が言った。温かくて湿った息が桜子の顔に吹きかかった。

その時、遠くから微《かす》かな音が聞こえ始めた。

コツ、コツ、コツ、コツ……。

「ああっ、来たっ！　ここにも来たっ！」

桜子は震え上がり、美鈴に夢中でしがみついた。

そんな桜子の体を抱き締めながら、美鈴は首をもたげて、ロールスクリーンが下ろされた窓のほうに顔を向けた。

「確かに聞こえる。桜子が言うように、ハイヒールを履いて歩いているような足音だ」

美鈴の声が少し上ずっていた。

「いやっ……いやっ……いやっ……」

声を喘《あえ》がせて桜子は繰り返した。恐怖のあまり、正気を失いそうだった。

「大丈夫だよ、桜子。わたしがついてるよ」

美鈴がさらに強く桜子の体を抱き締めた。

コツ、コツ、コツ、コツ……。

ハイヒールの足音はどんどん近づいてきて、やがて部屋の中に「しんぶーん」という若い女の声が響いた。その直後に、どこからか数枚の新聞紙が出現し、明かりを灯したままの室内をバサバサと舞い始めた。

それは新聞が舞っているのではなく、鳥かコウモリが羽ばたきながら飛びまわっているかのようだった。

「いやーっ！　いやーっ！」

美鈴の体にしがみついたまま、桜子は凄まじい悲鳴を上げた。

けれど、美鈴は悲鳴を上げはしなかった。

次の瞬間、美鈴は桜子の腕を素早く払い除けて立ち上がり、ロールスクリーンを勢いよく上げた。

そして、窓を開けてバルコニーに飛び出し、外に向かって大声で叫んだ。

「あなたは誰なのっ！　どこにいるのっ！　何が目的なのっ！」

けれど、女からの返事はなかった。

12.

恐ろしさのあまり、桜子は布団の中で石のように体を硬くしていた。

そんな桜子を尻目に、美鈴は室内に散乱している新聞を次々と拾い上げた。

「やっぱり恐怖新聞だ。あの女は桜子を追ってここまで来たんだ」

手にした新聞に視線を落とした美鈴が言った。

「何が書いてあるの？」

布団の中で身を震わせながら桜子は訊いた。

「一面には、わたしたちがあした、鎌倉のわたしの実家を訪ねるって書いてあるよ。この新聞を作っているやつらには、何もかもお見通しなんだな。桜子も読む？」

新聞を持って桜子の枕元にしゃがみ込んだ美鈴が尋ねた。

「いやっ、読みたくない。読んだら命が縮んじゃう」

桜子は言った。だが、その言葉とは裏腹に、目が新聞の活字に吸い寄せられてしまった。

美鈴の言った通り、『恐怖新聞』という題字のすぐ脇に大きな活字で、桜子が美鈴とふたりで彼女の実家である鎌倉の寺を訪ねると書かれていた。

「読んじゃった……これで三回も読んじゃった」

呻くかのように桜子は言った。また涙で目が潤み始めた。

「わたしも同じだよ。桜子と同じ、三回読んだ。わたしたち、仲間だよ」

美鈴が新聞を床に置き、布団に横たわっている桜子の体をそっと抱き締めた。

「美鈴は怖くないの？」

桜子は訊いた。ひどく怯《おび》えてはいたけれど、美鈴に抱き締められていることで、わずかに落ち着きを取り戻し始めていた。

「怖くないわけじゃないけど、これから桜子と一緒に敵に立ち向かうんだと思うと、わくわくするような気分でもあるんだ」

そう言いながら、美鈴が掛け布団を持ち上げて、桜子と並ぶように身を横たえた。「大丈夫だよ、桜子。わたしがついてるよ。わたしが桜子をきっと守るよ」

桜子の体を強く抱き締めて美鈴が言った。

その言葉に、桜子は涙ぐみながらも頷いた。

第三章

1.

フローリングの床に敷いた布団の上で、八代美鈴《やしろみすず》はほっそりとした早川桜子《はやかわさくらこ》の体を、恋人がするかのように抱き締め続けていた。

桜子と手を繋《つな》いだことはあったし、腕を組んだこともあった。けれど、こんなふうに抱き締めるのは初めてだった。美鈴の胸に顔を埋《うず》めた桜子の息の温《ぬく》もりが、パジャマを通して感じられた。桜子は骨細で、とても女らしい体つきをしていた。強く抱き締めたら、骨が軋《きし》みそうだった。

「怖がらなくていいよ、桜子。わたしがいるよ。大丈夫だよ」

ナイトドレスに包まれた桜子の体を抱き締めたまま、美鈴は囁《ささや》くように言った。

その言葉に、桜子が無言で頷《うなず》いた。

桜子の体を抱き続けていると、とても官能的な感情が全身に広がっていった。

桜子にキスをしたい。桜子の胸に触れたい。裸で抱き合いたい。

美鈴は強く思った。

ああっ、男に生まれてきたかった。そうすれば、桜子の恋人になることができたかもしれないのに。

桜子と出会ってから何度となく考えたことを、美鈴は今また考えた。

自分は異性を好きになれないのだということを、美鈴は小学校の高学年の頃から感じていた。けれど、あの頃は男になりたいとは思わなかった。男というものに嫌悪に近い感情を抱いていたのだ。だが今は、もし桜子の恋人になれるのだったら、男になってもいいと思っていた。


ひとりっ子の美鈴は、まだ中学校に通っていた頃から、婿養子をもらって寺を継ぐよう祖父や両親に言われていた。美鈴の母もひとり娘で、サラリーマンを辞めて僧侶になった父を婿養子に迎えていた。

けれど、寺を守るために好きでもない男と結婚することなど、美鈴には考えられなかった。美鈴の夢は画家になることだった。

小学校を卒業する頃から、美鈴は国立の芸術大学の油絵科に入学したいと考えていた。そのために、高校生になるとすぐに鎌倉《かまくら》駅前のアトリエに通い始めた。アトリエの講師は美鈴が目指している大学の卒業生だった。

高校の三年間、美鈴は必死で勉強をした。だから、その入学試験に落ちてしまった時にはひどく落胆した。それはまさに、目の前が真っ暗になったという感じだった。

両親が浪人することを許してくれなかったので、今の大学に進学したが、あの頃は『どうでもいいや』という自暴自棄な気分に陥っていた。だが、今は美術大学の入試に落ちてよかったと考えていた。もし、合格していたら、桜子とは出会えなかったからだ。

初めて桜子を目にした時のことを、美鈴は今もはっきりと覚えている。

なんて可愛《かわい》い子なんだろう。

胸をときめかせて美鈴は思った。そして、ためらいつつも、勇気を出して桜子に声をかけた。

「あの……ここに座ってもいい？」

その言葉を耳にした桜子が、美鈴を見上げて微笑《ほほえ》んだ。その時の桜子の顔は、言葉にできないほどに可愛らしかった。

「いいよ」

桜子は美鈴の目を真っすぐに見つめ、透き通った細い声でそう答えた。

その瞬間、息苦しくなるほどに胸が高鳴った。

そんなことは初めてだった。

桜子が井本孝二郎《いもとこうじろう》と付き合い始めたと聞いた時にはショックを受けた。美鈴はその気持ちを隠していたが、孝二郎と親しげに話している桜子の姿を目にするたびに嫉妬心に身を震わせたものだった。

やがて桜子が静かな寝息を立て始めた。『恐怖新聞《きょうふしんぶん》』が届き始めたおとといの晩から、きっとまともに眠っていないのだろう。

美鈴はわずかに首をもたげて、桜子の寝顔を見つめた。

孝二郎が死んでからの桜子は泣いてばかりいたようで、瞼《まぶた》がひどく腫れ上がっていた。それにもかかわらず、美鈴はその寝顔を美しいと思った。

読むたびに命が百日ずつ縮むという『恐怖新聞』の存在は、美鈴にとっても恐ろしかった。それでも、自分が今、桜子と同じ立場に立っているのだと考えると、胸が弾むような気持ちにもなった。

「大丈夫だよ、桜子。わたしが守ってあげる」

眠っている桜子に、美鈴は囁くようにそう語りかけた。

2.

その朝、美鈴は桜子とテーブルに向き合って、コーヒーにバタートースト、それにヨーグルトという簡単な朝食をとった。

いや、桜子には食欲がないようで、ブラックコーヒーを何口か啜《すす》り、砂糖を入れないプレーンヨーグルトをほんの少し食べただけで、トーストにはまったく手をつけなかった。

「少しは食べないと、体に毒だよ」

美鈴はそう言ったが、あまり強くは勧めなかった。

食事が済むと、美鈴はすぐに鎌倉の実家に向かおうとした。けれど、桜子はすぐには出かけられなかった。朝の桜子はいつも、化粧をしたり、髪を整えたり、洋服やアクセサリーを選んだり、香水をつけたりで、とても忙しいのだ。美鈴の部屋にはドレッサーがなかったから、今朝の桜子は洗面所の鏡の前で化粧をしていた。

桜子は着替えを持参していて、今はその服を身につけていた。白くて洒落《しゃれ》たサテンのブラウスに、ミニ丈の水色のフレアスカートというフェミニンな洋服だった。

お洒落のために、毎朝、こんなにも手間と時間をかけるなんて、ものすごく大変だな。せっせと身支度を続けている桜子を見つめて、美鈴はそんなことを思った。

化粧をすることもなく、着飾ることもしない美鈴は、身支度にほとんど時間がかからなかった。


きょうもよく晴れて、気温がぐんぐんと上がっていた。

ゴールデンウィークの谷間の平日だというのに、鎌倉方面へと向かう電車は家族連れやカップルでひどく混雑していた。都会を離れるにつれて、窓の外には田園風景が広がるようになっていった。

桜子と一緒にいると、美鈴はいつもたくさんの視線を感じた。もちろん、見られているのは美鈴ではなく桜子だった。

スカートから突き出した桜子の細い脚に、男たちが絡みつくような視線を向けるたびに美鈴は苛《いら》立《だ》った。だが同時に、男たちが見たくなるのも無理はないのかもしれないとも思った。子鹿のような桜子の脚は、美鈴でさえ目を離せなくなるほどに魅力的だった。

「美鈴のおじいちゃんって、どんな人なの？」

美鈴の隣で吊革《つりかわ》に摑《つか》まっている桜子が、美鈴を見下ろすようにして訊《き》いた。美鈴と桜子はどちらも同じくらいの身長だったが、桜子のパンプスの踵《かかと》が十五センチ近くあるので、いつも見下ろすようになってしまうのだ。

「もうすぐ八十歳だから、顔は皺《しわ》だらけだけど、剣道の道場に毎日のように通っているおかげか、ものすごく元気だよ。背が高くて、姿勢がよくて、声もよく通るんだ。頭だって、父や母よりはっきりしてるぐらいだよ」

深い皺が無数に刻まれた祖父の吉藏《きちぞう》の顔を思い出しながら美鈴は言った。美鈴の母は小柄でのっぺりとした顔立ちの女だったが、その父親である吉藏は背が高く、彫りの深いエキゾティックな顔をしていた。

「美鈴のおじいちゃん、霊能力があるんでしょう？」

桜子がまた尋ねた。リップグロスを塗り重ねた厚い唇が、濡《ぬ》れているかのように艶《つや》やかに光った。

「おじいちゃんは若かった頃に、日本中の霊場をまわって修行を積んでるんだ。霊能力はもともとあったのかもしれないけど、修行を重ねることによって磨かれるんだよ」

「すごいわね。そのことは美鈴のお父さんやお母さんも知っているんでしょう？」

「おじいちゃんの霊能力については、父や母は詳しくは知らないと思う。わたしの両親は霊能力なんて信じていないから、おじいちゃんは両親には霊能力については一言も喋《しゃべ》らないんだ。でも、わたしにだけは昔からいろいろと話してくれるんだよ」

自慢げに美鈴は言った。美鈴に婿を取って寺を継がせるという件では対立していたが、昔から美鈴はおじいちゃんっ子だった。

「美鈴のおじいちゃんなら、わたしの憑依霊《ひょういれい》を除霊できるのかしら？」

桜子が言った。その顔は道に迷った子供のように不安げだった。

「断言はできないけど、おじいちゃんならきっと対策を考えてくれると思う」

そう言うと、美鈴はまた祖父の吉藏の顔を思い浮かべた。

美鈴のカバンの中には三日分の『恐怖新聞』が入っていた。家に着いたら、美鈴はそれを祖父の吉藏に見せるつもりだった。祖父なら『恐怖新聞』を読むことができるのではないかと美鈴は考えていた。

3.

桜子を連れた美鈴が鎌倉に着いたのは、午後一時になろうかという時刻だった。

祖父の吉藏が住職を務めている寺は、北鎌倉駅から歩いて十五分ほどのところにあった。十三世紀に建てられたその寺は、格式が高く、鎌倉を代表する大寺院だと言われていた。

広大な寺の敷地では、そのいたるところで様々な植物が美しい花を咲かせていた。樹齢七百年を超えると言われるビャクシンが、緑の葉を晩春の風になびかせていた。敷地内には大きな池がいくつもあり、その水面《みなも》に何羽もの水鳥たちが浮かんでいた。いつものように、寺院にはたくさんの外国人観光客が歩いていた。

美鈴の家は寺の敷地の片隅にあった。寺は巨大だったけれど、その家は少し古びた普通の民家だった。去年の三月まで、美鈴はその家の二階の自室で寝起きしていた。

インターフォンを押した美鈴を、母が玄関で「お帰り」と言って笑顔で出迎えた。

だが、桜子を目にした瞬間、母の顔に浮かんだ笑みが消え、そこに驚いたような表情が現れた。桜子があんまり美しいのでびっくりしているに違いなかった。

美鈴にはそれが誇らしく感じられた。

「早川《はやかわ》桜子と申します。美鈴さんと同じ国文科で勉強をしています。あの……美鈴さんには、いつもすごくお世話になっているんです。どうぞよろしくお願いいたします」

戸口に立った桜子が美鈴の母に深々と頭を下げた。躾《しつけ》にうるさい両親に育てられたという桜子は、とても礼儀正しい女の子だった。

「こちらこそ、美鈴がお世話になっちゃって……でも、あの……美鈴にこんな可愛いお友達がいたなんて、ちょっと驚いちゃった。芸能人が来たのかと思っちゃったわ」

母が笑い、美鈴も笑った。桜子のことを褒められて嬉《うれ》しかったのだ。

けれど、照れ屋の桜子は顔を赤く染めていた。

広々とした明るい応接間では、京都からついさっき戻ったという祖父の吉蔵が美鈴たちを待っていた。

応接間の中央には一枚板のケヤキで作られたローテーブルと、座り心地のいい革製のソファのセットが置かれていて、吉蔵は今、そのソファのひとつに腰を下ろしていた。

自宅での吉蔵はたいてい和服を身につけていた。きょうは気温が高いので涼しげな浴衣をまとっていた。

祖父にはあらかじめ電話で、『恐怖新聞』のことを詳細に話してあった。『恐怖新聞』についての都市伝説は、祖父も何度か耳にしたことがあるようで、馬鹿にしたりはせず、美鈴の話を真剣に聞いてくれた。

応接間のドアのところで、桜子は美鈴の母にしたように祖父にも深く頭を下げて自己紹介をした。栗色《くりいろ》に染めた長い髪がはらりと垂れ下がり、その先端が床に触れかけた。

「こちらこそ、美鈴をよろしくお願いします。さあさあ、座ってください」

満面の笑みでそう言うと、祖父が向かいのソファを指差した。そのソファに美鈴は桜子と並んで腰を下ろした。

「早川さんのことは、美鈴からいつも聞いていますよ。帰ってくるたびに、美鈴は早川さんのことばかり話しているんです。美鈴から聞いていたから、可愛い子だとは思っていたけど、こんなに可愛らしいとは思いませんでした」

朗らかに笑いながら美鈴の祖父が言った。

そんな祖父に、美鈴はカバンから取り出した『恐怖新聞』を差し出した。

「さっそくだけど、これが恐怖新聞よ。あの……おじいちゃんにも見える？」

その瞬間、穏やかだった祖父の顔が強張《こわば》った。

「ああっ……これは……これは……」

目をいっぱいに見開き、祖父は美鈴が手にしている新聞を凝視していた。

「見えるのね？　おじいちゃんにも恐怖新聞が見えるのね？」

ソファから腰を浮かせ、身を乗り出すようにして美鈴は訊いた。

「ああ、見える……見えるぞ……ちゃんと見えているぞ……」

顔をひどく強張らせた祖父が、呻《うめ》くかのように繰り返した。

反射的に美鈴は、隣にいる桜子を見た。桜子の顔には安堵《あんど》の表情が浮かんでいた。

「よかったわ……よかった……本当によかった」

桜子が小声で繰り返した。その目がみるみる涙で潤み始めた。


すぐに祖父が『恐怖新聞』を手に取って読み始めた。読んでいるうちに、祖父の顔がどんどん強張っていった。

「ああっ、何ということだ……恐ろしい……実物を見たのは初めてだが、これはこの世のものじゃない……この新聞は、おそらく……魔界から届けられたものだ……恐ろしい……恐ろしい……」

皺だらけの顔をぶるぶると震わせながら、祖父が喘《あえ》ぐように言った。

「魔界から？」

美鈴は訊き返した。首から頬にかけての皮膚に鳥肌が立ち、襟元から冷水を注ぎ入れられたかのように背筋が冷たくなった。

美鈴の隣では、桜子がその可愛らしい顔を強張らせていた。

「おそらく、そうだと思う。これは魔界で作られた忌まわしい新聞だ。忌まわしくて、とてつもなくおぞましい印刷物だ」

呻くように言うと、祖父が視線を上げた。その顔がひどく引きつっていた。

「美鈴、どうしよう？　わたし、怖い……」

隣に座った桜子が声を震わせた。

そんな桜子の体を両手で抱きしめながら、美鈴は祖父に訊いた。

「これを桜子に届けているのは何者なの？　恐怖新聞はその人に取り憑《つ》いた悪霊《あくりょう》が届けるって聞いたことがあるけど、あの……それは本当なの？」

「早川さんに悪霊が取り憑いているかどうか、今はまだ断言できない。だが、憑依霊が新聞を届けるという話は、わたしも聞いたことがある」

祖父の言葉を耳にした桜子が、美鈴の腕の中で激しく身を震わせた。

「おじいちゃん、何とかして。おじいちゃんの霊能力で桜子を助けてあげて」

震え続けている桜子を抱き締めて、美鈴は縋《すが》るような目で祖父を見つめた。

「早川さんに取り憑いているのが若い女の霊なのだとしたら、おそらく除霊はできると思う。若くして死んだ女の霊が、それほどの力を持っているとは思えないからな。だが、もし万一、除霊に失敗した時には、早川さんはその霊に取り殺されてしまうことになるかもしれない」

難しい顔をした祖父が言った。

その言葉に、今度は美鈴が震え上がった。

「取り殺されるって……それはダメよ、おじいちゃん。桜子が死ぬなんて……そんなのダメ。絶対にダメよ」

桜子の体をさらに強く抱き締めて美鈴は言った。

「除霊はできると思うが、危険がまったくないとは言えないな」

美鈴と桜子を交互に見つめた祖父が重々しい口調で言い、色の悪い唇を強く嚙《か》み締《し》めた。

美鈴に抱かれていた桜子が口を開いたのは、その時だった。

「あの……わたしは大丈夫です」

「えっ、何が大丈夫なの、桜子?」

反射的に、美鈴は桜子を見つめた。「もし除霊に失敗したら、死ぬかもしれないのよ。大丈夫なことはないでしょう?」

美鈴は言った。その声が、自分でも驚くほど感情的になっていた。

「おじいさん、お願いします。除霊をしてください」

体を震わせ続けながらも、桜子が祖父を見つめて強い口調で言った。「このまま恐怖新聞を読み続けたら、わたしは一年と生きていられないんです。たぶん、来年の桜は見られないんです。それなら、除霊の可能性に賭けてみたいです」

身を乗り出すようにして、桜子が言葉を続けた。その目は祖父の顔を真っすぐに見つめていた。

浴衣の袖を捲《まく》り上げた祖父が、桜子をじっと見つめて腕組みした。

「早川さん、命を失うようなことになっても、本当にいいんですか?」

数秒の沈黙のあとで、怖いほど真剣な顔をした祖父が言った。

「構いません。ですから、除霊してください。お願いします」

きっぱりとした口調で言うと、桜子が祖父に向かって深々と頭を下げた。

そんな桜子を、美鈴は驚きをもって見つめた。

美鈴はこれまで桜子のことを、自分が守ってやらなくてはならないか弱い女なのだと考えていた。けれど、もしかしたら、それは違っていたのかもしれなかった。

4.

すぐに除霊の儀式が行われることになった。その儀式には美鈴も立ち会わせてもらうことにした。

祖父は除霊の儀式を、寺の敷地の外れに建てられた堂で行うと言った。特別な儀式を執り行う時だけに使われる神聖な堂で、観光客などの部外者の立ち入りが固く禁じられている場所だった。

寺の敷地は本当に広かったし、その特別な堂は小高い丘の山頂近くにあったから、そこに行くためには山道のような細い道をかなりのあいだ登っていかなければならなかった。

美鈴もその堂までは何度か行ったことがあったが、堂に向かう道はかなり険しかった。それで美鈴はハイヒールの桜子のために、自分のスニーカーを貸してやった。

「それじゃあ、早川さん。美鈴。行くとしよう」

修験者《しゅげんじゃ》が身につける白装束に着替えた祖父が言った。除霊の儀式は修験道の方法で行われるらしかった。まだ若い頃に、祖父は修験道の修行をしていた。

「はい。よろしくお願いします」

美鈴のスニーカーを履いた桜子が答えた。可愛らしいその顔には、意を決したような表情が張りついていた。

祖父が先頭を行き、そのあとに桜子が続いた。美鈴は祖父のカバンを肩に掛けて、桜子のすぐ後ろを歩いた。ぺたんこの靴を履いているせいで、桜子はいつもよりずっと小さく見えた。その後ろ姿は子供のようでさえあった。

堂へと続く道は細くて、曲がりくねっていて、左右には灌木《かんぼく》が道に覆いかぶさるかのように鬱蒼《うっそう》と生えていた。その道はほとんどが上り坂だったから、歩き始めてすぐに美鈴の皮膚は噴き出した汗にまみれた。

歩いているあいだ、祖父はほとんど口を利かなかった。桜子も無言のままだった。老人の祖父だけでなく、桜子までもがひどく息を切らせているようだった。

「大丈夫、桜子?」

美鈴は背後から桜子に何度かそう声をかけた。

「うん。大丈夫」

そのたびに桜子は足を止め、背後の美鈴を振り向いて笑った。けれど、汗の光るその顔には怯《おび》えた表情が張りついたままだった。

祖父の吉蔵は除霊に自信を持っているように見えた。だが、もし万一、除霊に失敗したら、桜子は命を失うことになるかもしれないのだ。怯えるのは当然だった。

頭上を木の枝に覆われた小道は薄暗かったが、強い太陽が照りつけているようで、足元の湿った道に木漏れ日が差していた。いたるところから鳥の声がやかましいほどに聞こえた。虫のものらしき、ジーッという声もした。

堂に着くまでのあいだには、とてつもなく急な階段がいくつかあった。桜子がその階段を登るたびに、フェミニンなデザインのショーツが美鈴の目に入った。

「桜子、パンツが丸見え」

桜子の緊張を少しでも和らげようと、努めて明るい声で美鈴は言った。

けれど、桜子は笑わなかった。美鈴を振り向き、「見ないでよ。エッチね」と強張った顔で言っただけだった。

ようやく堂にたどり着くと、祖父が大きくて重たそうな閂《かんぬき》を上げ、観音開きの重たい扉を開いて中に入った。桜子と美鈴も祖父に続いた。

その堂を外から見たことは何度かあったが、部外者の立ち入りが固く禁じられている堂の内部を美鈴が目にしたのは、今回が初めてだった。特別な儀式のためだけにあるというその堂の中には、何か特別なものが置かれているのだろうと美鈴は想像していた。

けれど、そうではなかった。八畳ほどの広さの堂の中にあったのは、古ぼけた木製の座り机と、藁《わら》を編んで作った何枚かの粗末なムシロだけで、仏事に使われるようなものはほとんど見当たらなかった。ただ、粗末な机の上に護摩《ごま》を焚《た》くための白い陶製の炉と、緑色の錆《さび》が浮き出た銅製の燭台《しょくだい》が置かれているだけだった。堂の床は磨き上げられた板張りで、壁は白く塗られていた。

「早川さんはそこの机の前に正座してください」

燭台に立てられた一本の蠟燭《ろうそく》に火を灯《とも》しながら、祖父が桜子に言った。

「はい」

声を震わせてそう答えると、桜子がムシロの上に剝《む》き出しの膝を揃《そろ》え、背筋を伸ばして正座した。桜子の顔は一段と強張っていた。今にも泣き出してしまいそうだった。

「美鈴は離れていなさい」

今度は祖父が美鈴に命じ、美鈴はその言葉に従って堂の片隅に敷かれていたムシロに正座した。

すぐに祖父が堂の扉をぴったりと閉じた。そのことによって、一本の蠟燭しかない室内は本を読むことが不可能なほどに暗くなった。

堂の扉を閉めると、祖父が「臨《りん》、兵《びょう》、闘《とう》、者《しゃ》、皆《かい》、陣《じん》、列《れつ》、在《ざい》、前《ぜん》」と力強く唱えながら、壁のいたるところに文字の書かれた和紙を貼りつけ始めた。護符だった。

蠟燭の炎が作る祖父の影が、白い壁でゆらゆらと揺れていた。

5.

堂内の白壁に護符を一枚貼るたびに、祖父の吉蔵は右手の中指と人差し指で空を切った。

祖父が何をしているのか、桜子にはわからないに違いなかった。だが、九つの文字を唱えながら指で空を切るのは、『九字切《くじぎ》り』という修験道の護身方だと美鈴は知っていた。

「臨、兵、闘、者、皆、陣、列、在、前……臨、兵、闘、者、皆、陣、列、在、前……臨、兵、闘、者、皆、陣、列、在、前……臨、兵、闘、者、皆、陣、列、在、前……」

暗くて静かな堂の中に祖父の声が響き続けた。

指先で空を切りながら壁のあちらこちらに十数枚の護符を貼り終えると、祖父は机を挟んだ桜子の真向かいに立った。そして、その場に腰を下ろして蓮華座《れんげざ》を組み、炉で護摩を焚き始めた。炉から立ち上るかぐわしいにおいが、堂の中に立ち込めた。

いよいよ始まるんだ。

膝の上の拳を強く握り合わせて、美鈴は唾液《だえき》を嚥下《えんげ》した。その手がひどく汗ばんでいた。暗さに目が少しずつ慣れてきたのだろう。美鈴にはゆらゆらと揺れる蠟燭の炎に照らされた、祖父と桜子の姿がはっきりと見えた。

　護摩を焚いた祖父が、背筋を伸ばして何度か深呼吸を繰り返した。

「早川さん、目を閉じて、頭の中を空っぽにしてください」

　祖父は穏やかな口調で桜子にそう命じると、ほっそりとした桜子の体に向かって右手をぐいっと伸ばした。そして、腹の底から絞り出すような声で念仏を唱え始めた。修験者が唱える念仏だった。

「帰命《おん》、不空《あぼぎゃ》、光明遮照《べいろしゃのう》、大印相《まかぼだら》、摩尼《まに》宝珠、蓮華《はんどま》、焔光《ぢんばら》、転《はらばりたや》、大誓願《うん》！　……帰命、不空、光明遮照、大印相、摩尼宝珠、蓮華、焔光、転、大誓願！　……帰命、不空、光明遮照、大印相、摩尼宝珠、蓮華、焔光、転、大誓願！」

　桜子に向かって右手を突き出したまま、祖父が堂内に響き渡るような力強い声で念仏を繰り返し続けた。桜子を見つめる祖父の顔には、鬼のような形相が浮かんでいた。

「帰命、不空、光明遮照、大印相、摩尼宝珠、蓮華、焔光、転、大誓願！　……帰命、不空、光明遮照、大印相、摩尼宝珠、蓮華、焔光、転、大誓願！　……帰命、不空、光明遮照、大印相、摩尼宝珠、蓮華、焔光、転、大誓願！　……早川桜子に取り憑いている悪霊よ。速やかにその身体より離れ、魔界へと戻りたまえっ！　……帰命、不空、光明遮照、大印相、摩尼宝珠、蓮華、焔光、転、大誓願！　帰命、不空、光明遮照、大印相、摩尼宝珠、蓮華、焔光、転、大誓願！　……早川桜子に取り憑いている悪霊よ。速やかにその身体より離れ、魔界へと戻りたまえっ！」

　念仏を繰り返す祖父の顔には、いつの間にか玉のような汗が浮かんでいた。こめかみには太い血管が浮き上がり、顔を流れ落ちた汗が顎の先で雫《しずく》を作っていた。

念仏が繰り返されるたびに、整った桜子の顔が苦しげに歪《ゆが》んでいった。わずかに開かれた口からは、呻き声が漏れているようだった。

頑張って、桜子。頑張るのよ。

美鈴は膝の上の両手を色が変わるほど強く握り締め、心の中で必死になって桜子を励ました。

そのあいだも、桜子の顔はますます苦しげに歪んでいった。こんな時だというのに、美鈴には桜子のその顔が官能的に感じられもした。

「帰命、不空、光明遮照、大印相、摩尼宝珠、蓮華、焔光、転、大誓願！　……早川桜子に取り憑いている悪霊よ。速やかにその身体より離れ、魔界へと戻りたまえっ！　帰命、不空、光明遮照、大印相、摩尼宝珠、蓮華、焔光、転、大誓願！　……早川桜子に取り憑いている悪霊よ。速やかにその身体より離れ、魔界へと戻りたまえっ！」

その時、堂の中に女の声が響いた。まだ若い女の声だった。

『馬鹿な真似《まね》はやめろ。お前なんかの力ではわたしを除霊することは不可能だ』

反射的に美鈴は堂の中を見まわした。けれど、堂の中にいるのは祖父と桜子と自分の三人だけだった。

だが、その直後に、桜子の体から分離でもするかのように、おぼろげな人影がゆっくりと浮かび上がり始めた。美鈴は目をいっぱいに見開き、桜子から分離したおぼろげな女の影を凝視した。

女だ。やっぱり憑依霊は女だったんだ。

美鈴は思った。

おぼろげな女の影が桜子から完全に分離した瞬間、ムシロに正座していた桜子がカッと目を見開いた。そして、その直後にばったりと、勢いよく背後に倒れた。板張りの床に頭が叩《たた》きつけられる、ごんという鈍い音がした。

「桜子っ！」

とっさに美鈴は立ち上がろうとした。

「立つな、美鈴っ！　じっとしていなさいっ！」

目を吊《つ》り上げて祖父が叫び、美鈴はビクッと身を震わせた。

「でも、おじいちゃん……」

「言われた通りにしなさいっ！」

汗に顔を光らせた祖父が再び叫び、美鈴はムシロに座り直した。そして、桜子から分離するかのように現れたおぼろげな女の影を、瞬《まばた》きの間さえ惜しんで凝視した。

その人影は、本当にぼんやりとしていて、体はほとんど透き通っていた。けれど、髪が長くて、すらりとした体つきをした若い女であることは何となく見てとれた。

「忌々しい悪霊めが、ついに姿を現したな。さあ、今すぐに早川桜子から離れなさいっ！　お前の居場所である魔界へ、今すぐに戻るんだっ！」

鬼のような顔をした祖父が、おぼろげな姿を現した女の悪霊に向かって叫んだ。そして、顎の先から汗を滴《したた》らせながら、さらに大きな声で、さらに力強く念仏を唱え続けた。

「帰命、不空、光明遮照、大印相、摩尼宝珠、蓮華、焔光、転、大誓願！　……帰命、不空、光明

遮照、大印相、摩尼宝珠、蓮華、焰光、転、大誓願！　……おぞましき悪霊よ、早川桜子から速やかに離れよっ！　……帰命、不空、光明遮照、大印相、摩尼宝珠、蓮華、焰光、転、大誓願！　……帰命、不空、光明遮照、大印相、摩尼宝珠、蓮華、焰光、転、大誓願！　……おぞましき悪霊よ、今すぐに立ち去れっ！　魔界へと立ち去れっ！」

『無駄だと言っているのがわからないのかっ！　修験道をほんのすこし聞き齧《かじ》っただけのお前なんその力では、わたしを除霊することなど到底できない』

桜子から分離した女の声が堂の中に響いた。はっきりと見えたわけではなかったが、おぼろげな女の顔は笑っているようにも見えた。

「黙れ、悪霊っ！　黙るのだっ！」

苛立ったように祖父が叫んだ。そして、さらに大きな声で念仏を唱え続けた。「帰命、不空、光明遮照、大印相、摩尼宝珠、蓮華、焰光、転、大誓願！　……帰命、不空、光明遮照、大印相、摩尼宝珠、蓮華、焰光、転、大誓願！　……おぞましき悪霊よ、早川桜子から速やかに離れよっ！　……帰命、不空、光明遮照、大印相、摩尼宝珠、蓮華、焰光、転、大誓願！　……帰命、不空、光明遮照、大印相、摩尼宝珠、蓮華、焰光、転、大誓願！　……忌まわしい悪霊よ、魔界へと速やかに立ち去れっ！」

『誰が、離れるものか』

おぼろげな姿をした女の憑依霊が言った。『桜子というこの女は、幸せをひとり占めにしてきたんだ。限りのある幸せを、この女は独占してきたんだ。恵まれすぎたこの女から、わたしはすべてを奪いたい。わたしはこの女を、不幸のどん底に突き落としてやりたいんだっ！　だから、離れない。何があっても離れないっ！』

嘲るかのような口調で女が言った。

桜子から分離した女の姿は、濃くなったり、消えてしまうほどに薄くなったりを繰り返していた。濃くなった時には、ぼんやりと顔が見えた。その女はかなりの美貌の持ち主であるように、美鈴には感じられた。

「黙れ、悪霊めがっ！」

祖父が怒鳴りつけるかのように叫んだ。祖父はなおも、全身全霊を傾けるかのようにして念仏を唱え続けていた。「帰命、不空、光明遮照、大印相、摩尼宝珠、蓮華、焔光、転、大誓願！　……帰命、不空、光明遮照、大印相、摩尼宝珠、蓮華、焔光、転、大誓願！　……悪霊よ、早川桜子から離れよっ！……帰命、不空、光明遮照、大印相、摩尼宝珠、蓮華、焔光、転、大誓願！　……帰命、不空、光明遮照、大印相、摩尼宝珠、蓮華、焔光、転、大誓願！　……悪霊よ、魔界へと立ち去れっ！」

大声で念仏を唱え、悪霊に念を送り続けることには、凄《すさ》まじいまでのエネルギーが必要なようで、高齢の祖父は激しく消耗しているようだった。短距離を全力疾走したあとのように、祖父は激しく肩を上下させていた。鬼のようだった顔にも、明らかな衰弱の色が現れていた。

『無駄だと言っているのが、まだわからないかっ！』

憑依霊の声が堂の中に響き渡った。『仏教僧としては一流かもしれないが、修験者としてのお前はまだまだ未熟者だ。お前にはわたしに太刀打《たちう》ちすることなど到底不可能だ』

けれど、祖父は念仏を唱え続けた。

「帰命、不空、光明遮照、大印相、摩尼宝珠、蓮華、焔光、転、大誓願！　……帰命、不空、光明遮照、大印相、摩尼宝珠、蓮華、焔光、転、大誓願！　……帰命、不空、光明遮照、大印相、摩尼宝珠、蓮華、焔光、転、大誓願！　……帰命、不空、光明遮照、大印相、摩尼宝珠、蓮華、焔光、転、大誓願！」

念仏を唱え続けている祖父の顔は、今では血の気をなくして蒼白《そうはく》になっていた。唇は紫色だった。

『諦めの悪いじじいだ。どうしても邪魔立てする気なら、こうしてくれるっ!!　ああああああーっ!!』

ひときわ甲高い声で憑依霊が叫び、おぼろげな両手を祖父に向かって強く突き出した。

その瞬間、憑依霊の手から稲妻のような光が放たれ、それが祖父の体に直撃した。美鈴はそれをはっきりと目撃した。

「あぐうっ！」

稲妻の直撃を受けた祖父の体が数メートルも背後に吹っ飛んだ。

「おじいちゃんっ！」

美鈴は思わず立ち上がり、倒れている祖父へと駆け寄った。

祖父は板張りの床の上に転がって目を閉じていた。

「おじいちゃんっ！　おじいちゃんっ！」

美鈴は大声を上げて祖父の体を激しく揺り動かした。

けれど、祖父は目を開かなかった。腕や脚をひくひくと痙攣《けいれん》させているだけだった。

そう。祖父は負けたのだ。おぞましい憑依霊に打ち負かされてしまったのだ。

6.

気がつくと、桜子は金属製の小さなベッドの上に横たわっていた。ベッドのすぐ脇には美鈴がいて、心配そうな顔をして桜子を覗《のぞ》き込んでいた。

「ああっ、桜子。気がついたのね？」

桜子の上に身を乗り出すようにした美鈴が、今にも泣き出しそうな顔で桜子を見つめた。

「美鈴……あの……ここは、どこなの？」

枕に後頭部を埋めたまま桜子は尋ねた。目の前にある美鈴の顔の向こうに、真っ白な天井と明かりの灯っていない蛍光灯が見えた。

「病院よ」

「病院？　どうして病院にいるの？」

「あのお堂で倒れて、桜子はおじいちゃんと一緒に、救急車でここに運び込まれたの」

美鈴が答え、桜子はゆっくりとベッドに上半身を起こした。

その瞬間、ひどい目眩《めまい》がし、頭がズキズキと痛んだ。

美鈴に助けられてようやく体を起こすと、桜子は静かに室内を見まわした。桜子のいるベッドのほかに、室内にはもうひとつのベッドが置かれていた。だが、そのベッドは空っぽで、病室にいるのは美鈴だけだった。どこからともなく消毒液のにおいがした。誰かが足早に廊下を歩く足音が聞こえた。

窓には白いカーテンが引かれていた。そのカーテンのあいだから青い空や、病院の敷地らしきものが見えた。外はまだ充分に明るかったけれど、木々の影から察すると、太陽はかなり西に傾き始めているようだった。

「わたし、どのくらいのあいだ気を失っていたの？」

「そうね。二時間半ぐらいかしら？」

腕時計に目をやった美鈴が答えた。

「二時間半も……」

美鈴の祖父から除霊の儀式を受けるために、山道のようなところを歩いて小さな堂に行ったことは覚えていた。蠟燭の炎が揺れる暗がりで、美鈴の祖父が除霊の儀式を始めたことも覚えていたし、美鈴の祖父が念仏を唱えるたびに、自分が強い苦しみを覚えたことも何となく覚えていた。

けれど、それから先のことは何も覚えていなかった。

「美鈴。あの……除霊はどうなったの？　うまくいったの？　わたしに取り憑いていた憑依霊は離れていったの？　美鈴のおじいちゃんはどうしてここに運び込まれたの？　美鈴のおじいちゃんはどうなったの？」

美鈴の目を見つめ、桜子は立て続けに訊いた。自分だけではなく、美鈴の祖父までが病院に運び込まれたということがひどく気にかかっていた。

「それがね……あの……桜子、落ち着いて聞いてね」

悲しげに顔を歪めた美鈴が、ためらいがちにそう言った。

その顔を見た瞬間、桜子は除霊の儀式が成功しなかったのだと悟った。

「ダメだったのね、美鈴？　悪霊は追い払えなかったのね？」

「ええ。あの……儀式は失敗してしまったの……わたしのおじいちゃんは、桜子の憑依霊に打ち負かされてしまったのよ」

悲しげな顔をした美鈴が呟《つぶや》くように言った。

桜子は無言で頷くと、そっと唇を噛み締めた。言葉では言い表せないほどに強い失望感が、全身に広がっていくのが感じられた。


儀式を間近に見ていた美鈴が、桜子が意識を失ってからのことを話してくれた。

除霊に失敗し、悪霊に打ち負かされた美鈴の祖父は、意識を失って堂の床に倒れ伏した。そして、美鈴の電話で駆けつけた寺の僧侶たちの手で堂から運び出され、桜子と一緒に救急車でこの病院に運び込まれた。

診察した医師によれば、桜子はショックで気を失っただけで、体に特別な異常は見られないということだった。けれど、美鈴の祖父のほうはひどく衰弱していて、病院に到着するとすぐ集中治療室に運ばれたらしかった。

「集中治療室って……」

「予断を許さない容態だってお医者さんが言ってたわ」

「そんなに悪いの？」

桜子は美鈴の顔を見つめた。

「うん。救急車の中で心肺停止になって……心臓マッサージと人工呼吸で何とか持ち直したけど、今もまだ危ない状態らしいの」

目を潤ませて美鈴が言い、桜子は強烈な罪悪感を覚えた。

そう。こんなことになってしまったのは桜子のせいなのだ。桜子が無理をさせたせいで、美鈴の祖父をひどい目に遭わせてしまったのだ。

「ごめんね、美鈴。わたしのせいよ……美鈴のおじいちゃんにあんなことを無理に頼んで……何もかもが、わたしのせいなのよ」

桜子もまた目を潤ませた。いたたまれないような気持ちだった。

「自分を責めないで、桜子。桜子のせいじゃない。桜子のせいじゃないのよ」

そう繰り返しながら、美鈴が布団の中に手を差し込み、桜子の手を探り当てて強く握り締めた。

ひんやりとしている桜子の手とは対照的に、美鈴の手はぽかぽかと温かかった。

しばらくの沈黙があった。とても重苦しい沈黙だった。そのあいだずっと、美鈴は掛け布団の中で桜子の手を握り続けていた。

やがて、恐る恐る桜子は尋ねた。

「美鈴……あの……わたしに取り憑いている悪霊は姿を現したの？」

悪霊のことなど話題にしたくはなかった。けれど、尋ねないわけにはいかなかった。

「あの……現れたわ」

桜子の手を握ったまま、ためらいがちに美鈴が言った。

「美鈴は見たの？　憑依霊の姿を見たの？」

「ええ。見た……女だった」

桜子の目を見つめた美鈴が小声で答えた。「たぶん……まだ若い女よ」

「その女はなぜ、わたしに取り憑いているの？　わたしをどうするつもりなの？」

「それは……あの……ねえ、桜子。その話はまた今度にしましょう。今は疲れてるから、体を休めるのが先決よ」

美鈴が言った。憑依霊のことを桜子には話したくなさそうだった。

「いやよ、教えて。今、教えて」

「でも……」

「教えて、美鈴。お願い。わたし、どうしても知りたいの」

美鈴が考えるような顔をした。それから、「あのね、桜子」と言って、憑依霊が姿を現してからのことを、やはりためらいがちに話してくれた。

美鈴の話を聞いているうちに、桜子の全身は鳥肌に覆われた。

「その女は……わたしが幸せを独り占めしているって言ったの？　だから、孝二郎を殺したの？　だから、わたしから命を奪うの？」

声をひどく震わせ、呻くように桜子は言った。

「その女はそんなふうに言ってたよ」

言いにくそうに美鈴が言った。

「わたしが幸せだったからって……ただ、それだけの理由で呪われるなんて……そんなの……そんなの不条理だわ。不条理すぎるわ」

美鈴を見つめて桜子は言った。また涙が込み上げ、美鈴の顔が霞《かす》んだ。「わたしがその女に何をしたっていうの？　いったい何をしたっていうのよっ！」

「落ち着いて、桜子。落ち着くのよ」

「落ち着けるわけがないじゃないっ！」

桜子はヒステリックに声を荒らげた。「どうして、わたしなの？　どうして、ほかの人じゃなく、このわたしなの？　どうして？　どうして？　どうしてなの？」

言っているうちにさらに感情が高ぶり、桜子はついに両手で顔を覆って泣き出した。

こんなことは受け入れられなかった。こんなことは、あまりにも不条理だった。

7.

桜子はその日のうちに退院できることになった。

美鈴は鎌倉の実家に泊まっていくように桜子に勧めた。けれど、桜子はそれを断った。

桜子の除霊をしたせいで、美鈴の祖父があんなことになってしまったのだ。桜子の両親に合わせる顔がなかった。

「桜子がどうしても帰るって言うなら、わたしも東京に帰る」

「ひとりで帰れるよ」

「でも、一緒に帰る」

美鈴はそう言って、桜子と一緒に電車に乗った。

上りの電車は行楽帰りの人々で混雑していた。座ることなどできるはずもなく、桜子は美鈴と並んで吊革に摑まっていた。

目眩と吐き気はなくなったが、今も頭が鈍く痛んだ。背後に倒れた時に床に打ち付けたという後頭部には、小さなコブができていた。長距離を走り終えた時のように、体がひどく疲れていて、ハイヒールで立っているのが辛かった。

ふと気づくと、空全体が鮮やかな朱に染まっていた。空に浮かんだ白い雲の縁も、美しい朱に彩られていた。

けれど、今の桜子にはその空の色を美しいと感じる心の余裕がなかった。

「ねえ、桜子。わたしね、桜子に取り憑いている女について調べようと思っているの」

桜子の隣に立った美鈴が言った。「その女がなぜ桜子を選んだのか、それがわかれば何か打つ手を見つけられるような気がするのよ。ぼんやりとだったけど、わたし、その女の顔を見たから、その女を探し出せるかもしれない」

「ダメよ、美鈴。そんなことしなくていい」

窓の外に虚《うつ》ろな視線を向けたまま桜子は言った。

「でも……」

「もういいの。もう、何もしなくていいの」

美鈴の目を見つめて、桜子は少し強い口調で言った。

桜子の剣幕《けんまく》に気圧《けお》されたのか、美鈴が口をつぐんだ。そして、その後は、電車が東京駅に着くまで、ふたりとも何も言わなかった。


美鈴は桜子のマンションまでついてきた。それだけではなく、一緒にエレベーターに乗り込み、十一階まで上がってきた。

「わたし、今夜は桜子のところに泊まっていくわ。いいでしょ、桜子?」

桜子の部屋の金属製のドアの前で、美鈴が縋るように桜子を見つめて言った。

「わたしは大丈夫よ。ひとりで大丈夫。だから、美鈴は帰って」

美鈴の目を見つめ返し、桜子は力なく微笑んだ。

「お願い、桜子。今夜はここに泊まらせて。わたし、桜子が心配なの。せめて今夜だけは、どうしてもそばにいたいの」

心配そうに顔を歪めて美鈴が言った。そして、部屋のドアを開けた桜子について、室内に入ってこようとした。

「入らないで、美鈴。帰って。お願いだから、帰ってっ！」

美鈴の体をドアの外に押し出しながら、桜子は声を荒らげてそう言った。

「どうして、中に入れてくれないの？　どうして、泊まらせてくれないの？」

自分を押し出そうとする桜子に抗《あらが》いながら美鈴が訊いた。筋肉質な美鈴は、非力な桜子より遥《はる》かに力強かった。

「どうしてもよ。帰って、美鈴。帰ってっ！」

「理由を聞かせてよ、桜子っ！　理由がわかれば帰るわっ！」

挑むように桜子を見つめた美鈴が、強い口調で言った。

「迷惑をかけたくないからよっ！　巻き込みたくないからよっ！　わたしと一緒にいたら、美鈴まで取り殺されるわっ！」

桜子もまた強い口調でそう言った。

「桜子……そんな水くさいことを言わないで」

「美鈴、お願いだから、帰って。今夜もきっと恐怖新聞が届くわ。ここに泊まったら、美鈴も恐怖新聞を読むことになるわ。わかってるの、美鈴？　恐怖新聞を読んだら、また命が百日縮むことになるのよ」

言い聞かせるかのように桜子は言った。言っているうちに、また涙が出てきた。「憑依霊が憎んでいるのは、このわたしなの。取り殺されるのは、わたしひとりで充分なのよ」

「わたしはどうなってもいいの。わたし、桜子の力になりたいの。もし、桜子が死ぬなら、わたしも死ぬわ。その覚悟はできてる。だから、一緒にここにいさせて」

戸口に立った美鈴が桜子を見つめて言った。美鈴の目にも涙が浮かんでいた。

「ダメよ、美鈴。それはダメっ！　だから、帰ってっ！」

叫ぶかのようにそう言うと、桜子は渾身《こんしん》の力を込めて美鈴をドアの外に押し出し、その直後にドアを閉め、それにしっかりと鍵をかけた。

「桜子、開けてっ！　開けてっ！」

金属製のドアをどんどんと強く叩きながら、美鈴が叫ぶのが聞こえた。

けれど、桜子はドアを開けなかった。

8.

その晩、桜子は部屋の明かりを消さなかった。暗い部屋にひとりきりでいることが、どうしてもできなかったのだ。

時計の針が午前零時を指した直後に、またどこからともなくハイヒールの足音が聞こえ、桜子の部屋の中に『恐怖新聞』が舞い始めた。桜子はベッドの中で、全身を石のように硬くして、部屋の中を鳥のように舞う『恐怖新聞』を茫然《ぼうぜん》と見つめた。

『恐怖新聞』が届くのはもう四回目だったから、最初の頃ほどの驚きはなくなっていた。けれど、今夜はいつもとは違う現象が起きた。部屋の白い壁に、ぼんやりとした人影のようなものが浮き上がってきたのだ。

「いやーっ！　いやーっ！」

桜子は思わず凄絶《せいぜつ》な叫び声を上げた。恐怖のあまり、尿を漏らしてしまいそうだった。

最初はひどくぼんやりとしていた人影は、少しずつ鮮明になっていった。美鈴が言ったように、その人影は女のもののようだった。

桜子は必死でベッドに上半身を起こし、壁に浮き出た人影を凝視した。恐ろしかったけれど、目を逸《そ》らすことはできなかった。

『桜子……お前、きょうは余計なことをしてくれたな』

壁に浮き上がった女の人影が、怒りと憎しみのこもった口調で言った。

人影は薄くなったり、濃くなったりしていたが、濃くなった時に、その顔が何となくわかった。美鈴が言ったように、桜子の目にも若い女の顔のように映った。

「あなたは誰なの？　わたしをどうするつもりなの？」

恐怖に喘ぎながらも、桜子は必死でそう尋ねた。

『これ以上、悪あがきをすると、もっとたくさんの人が死ぬことになるぞ』

女が言った。その瞬間、人影が急に濃くなり、桜子の目にもその顔がぼんやりと見えた。その女はかなり整った顔立ちをしているように感じられた。

『桜子、お前はおとなしく恐怖新聞を読み続ければいいんだ。今度、除霊をしようなどとしたら、お前の周りにいる誰かをまた殺す。いいな？　覚悟しておけ』

壁に浮き上がった女が笑った。

その笑い声を耳にした瞬間、桜子の中にそれまでとは正反対の感情が……強烈な怒りの感情がこみ上げてきた。

「どうしてこんなことをするのっ！　どうしてわたしなのっ！　なぜ、わたしなのよっ！」

壁の人影に向かって桜子は、怒りを込めて叫んだ。

『お前は幸せすぎたんだ』

「幸せすぎた？」

『そうだ。それはお前にもわかっているはずだ。お前はもう一生分の幸せを使い果たしてしまったんだ。お前に残っているのは、不幸だけなんだよ』

女がまた笑った。その直後に、壁の人影は薄れていき、あっという間に見えなくなった。

「待ってっ！　待ちなさいっ！」

桜子は壁に向かって叫んだ。けれど、女はもう姿を現さなかった。

女の姿が見えなくなると、桜子の中の怒りも煙のように消えていった。そして、その代わりに、強い絶望と悲しみとが、また全身に広がっていった。

『恐怖新聞』が届くまで、わたしはあんなにも幸せだったのに。それなのに……それなのに……ああっ、戻りたい。あの日に戻りたい。

絶望と悲しみに支配され、桜子は両手で頭を抱え込んだ。そして、自慢だった栗色の髪をめちゃくちゃに搔《か》き毟《むし》りながら、はらはらと涙を流した。

第四章

1.

美鈴《みすず》の祖父による除霊の儀式から一週間がすぎた。桜子《さくらこ》にとっては、恐怖と絶望と悲しみに満ちた、とてつもなく辛い一週間だった。

この一週間、桜子の部屋に『恐怖新聞《きょうふしんぶん》』が配達されない日は一日としてなかった。

もちろん、昨夜も『恐怖新聞』が届けられた。読みたくはなかったけれど、夜ごとにそうしているように、昨夜も桜子はそれを読んでしまった。

『恐怖新聞』を読むのはそれが十回目で、桜子の命は千日、三年近くも縮んだという計算だった。

除霊に失敗したあの日から、桜子は大学には通わず、アルバイト先の居酒屋にも出勤せず、自室からほとんど外に出ないで暮らしていた。

わたしはあと一年と生きていられないんだ。わたしはたぶん、来年の桜を見ることができないんだ。二十歳の誕生日を迎えることができないんだ。

そう考えると、何をする気にもなれなかった。

今、桜子は一日のほとんどをナイトドレスですごしていた。化粧もしなかったし、髪を整えることもしなかった。

料理をする気力もなく、空腹にどうしても耐えられなくなると、近くのコンビニエンスストアに行って弁当や惣菜《そうざい》やカップ麺や菓子パンを買った。その時にはさすがにナイトドレスを脱いで着替えをしたが、着るのはいつものお洒落《しゃれ》な服ではなく、どうでもいいようなものだった。

桜子は綺麗《きれい》好きで、汚れた部屋にいることには我慢ができなかったというのに、今は掃除をする気力も湧かなかったし、洗濯をしようという気分にもなれなかった。

最低限の食事しか口にしていないために、桜子はどんどん痩《や》せていった。体重は測っていなかったが、浴室の鏡に映った裸体を目にするたびに、桜子にも自分が痩せ衰えていっていることがはっきりとわかった。

心配した美鈴は、一日に何度も桜子に電話やメールをしてきた。

美鈴が自分を心から心配しているのは、桜子にもよくわかったし、その気持ちは嬉《うれ》しかった。それでも、桜子は美鈴からの電話に出なかった。メールの返信もしなかった。

かつては美鈴と同じように親しく付き合っていた中村翠《なかむらみどり》からは、ゴールデンウィーク前のアルバイトの終わりに別れたきり、何の連絡もこなかった。美鈴は翠には『恐怖新聞』のことも、美鈴の祖父による除霊の儀式のことも話さず、孝二郎《こうじろう》が死んだことで桜子はショックを受けて引きこもっていると言ってあるようだった。

美鈴は桜子へのメールで、『井本《いもと》くんのことで桜子にお悔やみの電話もメールもしてこないなんて、翠って薄情な人だったのね。見損なったわ』と翠を非難していた。

桜子の部屋には一日も欠かさずに、『恐怖新聞』が届けられた。午前零時をまわった頃に、ハイヒールの足音と、「しんぶーん」という女の声が甲高く聞こえ、その直後に、部屋の中をバサバサという音を立てて『恐怖新聞』が舞った。

『恐怖新聞』に書かれているのは、人の死に関するおぞましいことばかりだった。殺人事件、火事、交通事故、自殺、育児放棄……そんな暗い記事を読み続けているために、桜子の気持ちもどんどん荒《すさ》んでいった。

ひとりきりの部屋で鬱々と暮らしていると、『自殺』という言葉が頭の中を何度もよぎった。十一階のバルコニーから飛び降りれば、間違いなく死ねるはずだった。

実際、桜子は何度かバルコニーに立ち、手摺《てす》りから身を乗り出して下を覗《のぞ》いてみた。けれど、そのたびに恐怖に駆られ、唇を激しくわななかせながらバルコニーにへたり込んでしまった。

死んでしまえば楽になれるのかもしれない。それでも、今すぐに自らの命を絶つということは恐ろしかった。

桜子に取り憑《つ》いている憑依霊《ひょういれい》は、あれからかなり頻繁に姿を現した。白い壁に浮き上がった憑依霊の姿は、たいていはぼんやりとしていて、体がほとんど透き通っていて、とてもおぼろげだった。だが、時折、その姿が少しだけはっきりとすることもあった。

憑依霊の女は桜子より少し上、二十代半ばに感じられた。顔がはっきりと見えたことはなかったが、何となく美しい女であることが感じられた。

「どうして、わたしなの？　どうしてほかの人じゃないの？」

憑依霊が姿を現すたびに桜子は、少しヒステリックにそう詰め寄った。

けれど、女は明確な返事をしなかった。桜子はすでに一生分の幸せを使い果たしてしまったのだというような言葉を繰り返すだけだった。

女には桜子が苦しんでいることが、楽しくてしかたないようだった。

返信はしなかったけれど、届いたメールには目を通していた。

数日前に美鈴から届いたメールによれば、憑依霊に痛めつけられた彼女の祖父は、いまだに入院中のようだった。それでも、少しずつ回復していて、自分の足で歩くこともできるようになったし、食欲も戻ってきたということだった。

『お医者さんの話だと、あと何日かで退院できるらしいわ。おじいちゃんも桜子のことをすごく心配していて、除霊に失敗したのは自分の力が足りなかったせいだって言ってる。だから、桜子、自分を責めちゃダメよ。おじいちゃん、元気になったら、また桜子の除霊をするつもりでいるみたいよ』

数日前に届いた美鈴のメールには、そんなことが書かれていた。

美鈴の祖父が回復しつつあるという事実は、桜子をいくらか安堵《あんど》させた。けれど、美鈴の祖父に再び除霊をしてもらいたいとは思わなかった。

そんなことをしたら、今度こそ、美鈴の祖父は憑依霊に取り殺されてしまうかもしれなかった。

美鈴だけでなく、姉の菫子《すみれこ》もしばしばメールをよこした。

姉には『恐怖新聞』の存在が今もまったく信じられないようだった。菫子は『恐怖新聞』を妹の妄想だと決めつけていて、病院の精神科を受診するようにと提案していた。

『孝二郎くんが死んだことで、桜子は混乱しているのよ。だから、恐怖新聞なんていう、ありもしないものが見えるのよ』

数日前のメールにはそんなことが書かれていた。

けれど、姉の恋人の裕太《ゆうた》は桜子の言うことを信じているようで、時間を見つけては『恐怖新聞』のことを調べているらしかった。

姉にとって、それは面白くないことのようだった。

『桜子がおかしなことを言い出すから、裕太までおかしくなっているのよ。新米記者として学ぶべきことが裕太には山ほどあるはずなのに、仕事をそっちのけで桜子の妄想に付き合っているの。桜子も桜子だけど、裕太も裕太よ。そんな都市伝説に向き合ってるなんて、呆《あき》れ返ってものが言えないわ。そんな人だとは思わなかった。

裕太のことはともかくとして、桜子、あんたはすぐに病院に行って、精神科医に診《み》てもらいなさい。ちゃんとしたカウンセリングを受けて、薬を処方してもらえば、恐怖新聞なんていう馬鹿なものは見えなくなるはずよ』

数日前にスマートフォンに届いた姉からのメールは、そんなふうに結ばれていた。

2.

今の桜子は鏡を見なかった。人の百倍の速さで年を取っているかと思うと、鏡を見るのが怖かったのだ。

けれど、その朝、顔を洗う時に、桜子は鏡を見てしまった。

その瞬間、全身を、凄《すさ》まじいまでの戦慄が走り抜けた。そこに映った女の顔が、驚くほどに老けていたからだ。それはまるで老婆のようだった。

「えっ？　嘘《うそ》でしょ？　嘘でしょ？」

悲鳴にも似た声で叫びながら、桜子は両手で顔をゴシゴシと擦《こす》った。そして、ゆっくりと顔を上げると、恐る恐る再び鏡に目を向けた。

鏡の中の女の顔は、いつもの桜子のものに戻っていた。

そのことに桜子は胸を撫《な》で下ろした。

けれど、たった今、鏡の中にあった老婆の顔が頭から離れなかった。あの顔は、そう遠くない将来の自分のものに違いなかった。

そう。間もなく、桜子はああなるのだ。あっという間に年を取り、あっという間におばあさんになり、そして、あっという間に生の時間を終えてしまうのだ。

「いやっ……いやっ……いやーっ！」

洗面台の前で身をよじり、桜子はひとり悲鳴を上げた。


その日も桜子はナイトドレスでベッドに身を横たえ、ほとんど何もせずにすごした。お腹《なか》が空《す》くとベッドから出て、前日にコンビニエンスストアで買った菓子パンやカップ麺を食べた。

ゴールデンウィークが終わり、世の中はまた普通に動いているはずだった。美鈴も翠も大学に通っているに違いなかったし、翠は居酒屋でせっせと働いているはずだった。

カップ麺を啜《すす》りながら、桜子は虚《うつ》ろな目を窓に向けた。

きょうも天気がよかった。一日ごとに強さを増す陽《ひ》の光が、街を強く照らしていた。

以前は天気がいいと、意味もなく心が弾んだものだった。けれど、今はその好天さえもが恨めしく感じられた。

カップ麺を食べていた箸を置いてふらふらと立ち上がり、桜子は窓辺へと向かった。

久しぶりに窓を開けてみると、そこから暖かな風が流れ込み、栗色《くりいろ》に染めた長い髪や、ナイトドレスの裾を優しくそよがせた。

かつての桜子は、こんな風が好きだった。風に吹かれていると、それだけで幸せな気分が込み上げてきたものだった。けれど、大好きだったはずのその風も、今の桜子の心を慰めてくれることはなかった。

バルコニーの真下を走る首都高速道路三号線は、いつものようにひどく渋滞していた。それはほとんど車が動かないという状態で、運転席に座った人々の多くはうんざりしたような顔をしているのだろう。

そんな顔をしちゃダメよ。あなたたちは幸せなのよ。わたしに比べれば、何千倍も幸せなのよ。

窓の下のハイウェイを走る車を見つめて、桜子はそんなことを思った。

できることなら、彼らに成り代わりたかった。自分があの運転席で、うんざりとした顔をしていたかった。

わたしが死んだら、わたしの体からも幽体が抜け出るのだろうか？　その幽体はどこに行くのだろう？

暖かな初夏の風に吹かれながら、桜子はそんなことを考えた。

その晩、桜子は新潟《にいがた》の父に電話を入れた。幼い頃から、優しい父のことを、桜子は家族の中では唯一の理解者のように感じていた。

たった一度の呼び出し音のあとで、スマートフォンから父の声が聞こえた。

『桜子っ！　桜子なんだなっ！　ああっ、電話をもらえてよかった。お父さん、桜子のことをものすごく心配していたんだ』

とても優しい口調で父が言った。

その声を耳にした瞬間、桜子は思わず涙ぐんだ。

両親には孝二郎と交際していることを話していた。その孝二郎が死んだことを父は姉から聞かされていて、桜子をひどく案じていたようだった。

『桜子に電話してみようと、ずっと思っていたんだ。だけど、あの……菫子が今はそっとしておいたほうがいいって言うもんで……それで電話するのを我慢していたんだ』

「そうだったのね」

スマートフォンを握り締めて桜子は言った。実は、なぜ、両親が電話をしてくれないのだろうと訝《いぶか》っていたのだ。

『桜子、いろいろと大変だったな。お前が辛い時に、お父さん、何も力になってやれなくて、ごめんな』

父が言った。その声には思いやりが満ちていた。

姉は両親に孝二郎が死んだことは話したが、『恐怖新聞』については何も言っていないようだった。それで桜子も『恐怖新聞』のことを話さないことにした。

夜ごとに『恐怖新聞』が届けられていることを、父には聞いてもらいたかった。父だったら信じてくれるような気がした。

けれど、桜子は喉元まで出かかった言葉を何とか呑《の》み込んだ。たとえ桜子が『恐怖新聞』について話し、父がそれを信じてくれたとしても、それはただ父を心配させるだけで、いいことは何ひとつないはずだった。

目を潤ませながら、桜子は父と取り留めのない話を続けた。父は夕食と入浴を終え、自室で読書をしていたということだった。

桜子と父の会話は、本当に、どうでもいいようなことばかりだった。それでも、穏やかで、落ち着いた父の声を耳にしていると、『恐怖新聞』が届き始めてからずっと体を覆っていた緊張のようなものが、少しずつ解けていくのが感じられた。

ひとしきり話をしたあとで、桜子は父に『生まれ変わり』について訊《き》いてみた。

どうしてそんなことを訊くのかとは父は言わなかった。たぶん、桜子が孝二郎のことを考えているのだと思ったのだろう。

「お父さん、生まれ変わりは本当にあるのかしら？」

『あるよ。間違いなく、生まれ変わりはある』

桜子の期待通りの言葉を父が口にした。

「本当？」

『ああ。輪廻転生《りんねてんせい》は疑いようのない事実なんだよ。それについては世界各地で、いろいろな人たちが実証しているんだ。だから、間違いない』

「それじゃあ、孝二郎も誰かに生まれ変わるのかしら？」

少し声を震わせて桜子は訊いた。感情が高ぶり、また涙が込み上げた。

『もちろんだよ。孝二郎くんっていうその男の子だけじゃなく、わたしもお母さんも、菫子も桜子も、死んだら誰かに生まれ変わるんだ。生の時間はそうやって、何千年、何万年と続いていくんだよ』

強い口調で父が言った。

そう。人は生まれ変わるのだ。孝二郎も、桜子も、死が終着駅ではないのだ。

そのことが、迫りつつある死の恐怖を、ほんの少しだけ和らげてくれた。

「ありがとう、お父さん。お父さんの声を聞いていたら落ち着いたわ」

スマートフォンをさらに強く握り締めて桜子は言った。

『そうか。少しは桜子の役に立てて、よかったよ』

朗らかな口調で父が言った。

桜子には父の優しい微笑《ほほえ》みが見えるような気がした。

その晩も、日付が変わってすぐに、ハイヒールの足音が聞こえた。その直後に、「しんぶーん」という女の声がし、部屋の中に『恐怖新聞』が舞い始めた。

父との電話でいくらか落ち着きを取り戻していた桜子ではあったが、その瞬間には、やはり悲鳴を上げずにはいられなかった。

夜ごとにしているように、その晩も桜子は震える手に『恐怖新聞』を取り、そこに虚ろな視線を落とした。

ここ数日の『恐怖新聞』には桜子の記事は一行もなかった。けれど、たった今届けられた新聞の一面には桜子の名前が書かれていた。

その予言によると、今夜、午後九時頃に、姉の菫子とその恋人の富井《とみい》裕太がこの部屋を訪れるということだった。

今は姉にも裕太にも会いたくなかった。

けれど、桜子がどう思おうと、ふたりはやってくるのだ。『恐怖新聞』の予言が外れることは、決してないのだから……。

3.

時計の針が午後九時を指した直後に、インターフォンが鳴らされた。立ち上がってモニター画面を見ると、そこに姉の菫子と恋人の富井裕太が映っていた。スペアのカードキーを持っている姉は、オートロックの自動ドアを開けることができるのだ。

仕事帰りらしい姉は、白い長袖のブラウスに、ダークグレイのシックなパンツという格好で、裕太はグレイのスーツ姿だった。

桜子はインターフォンに応じなかった。それでも、菫子が勝手に入ってくるのはわかっていた。この部屋のドアにはドアチェーンがなかったから、桜子に姉の侵入を阻止する方法はなかった。

思った通り、すぐにドアが開けられた。

「桜子、いたのね？　いたんだったら、どうしてドアを開けてくれないのよ？」

非難のこもった口調でそう言うと、眉を寄せて姉が桜子を見つめた。

姉はなおも非難の言葉を口にしかけた。だが、次の瞬間、その顔に驚きの表情が浮かび上がった。妹がやつれ果てた様子をしているので驚いているらしかった。

桜子は薄汚れたナイトドレス姿で、化粧をしていなかったし、ブラシをかけていない髪はくちゃくちゃにもつれあっていた。

「桜子……あんた……いったい、どうしちゃったの？　ガリガリに痩せちゃって……髪もぼさぼさだし、何て言うか……ホームレスがいるみたいよ」

呆れたような口調で言った。

けれど、桜子は返事をしなかった。玄関のたたきに立っている姉とその恋人に、虚ろな視線を向けていただけだった。

今夜も姉と裕太はたくさんの惣菜類を持参していた。それでしかたなく、桜子は姉と裕太と三人で小さなテーブルを囲んだ。

昼から何も食べていないという姉と裕太は、ひどく空腹のようだった。けれど、桜子には食欲がまったくなくて、今夜もほとんど食べられなかった。

「桜子のために、せっかく買ってきたのよ。少しは食べたらどうなの？」

不愉快そうに姉が言った。わざわざ買ってきた惣菜に、桜子がほとんど手をつけないことが、姉をひどく不快な気分にさせたらしかった。

「ごめんなさい。でも、食べたくないの」

視線を落として、桜子は力なく弁解した。

「無理してでも食べなさい。あんた、痩せこけちゃって、ひどい顔してるわよ」

菫子が目を吊《つ》り上げて桜子を見つめた。

「菫子、そんなにガミガミ言うなよ。食べたくないんなら、しかたないじゃないか」

裕太が助け舟を出してくれた。

「裕太はいつも、桜子に甘いのね」

そう言うと、姉があからさまな溜《た》め息《いき》をついた。

『恐怖新聞』の存在を信じていない姉は、食事をしているあいだ、何度となく、桜子に精神科を受診するように繰り返した。

「桜子は混乱しているのよ。孝二郎くんが死んだショックで錯乱しているの。だから変なものが見えたり、おかしな音や声が聞こえたりするのよ。裕太もそう思わないの？」

同意を求めて、姉が恋人を見つめた。

けれど、姉の隣に座った裕太の見解は、姉とはまったく違うものだった。

「いや、僕はそうは思わないな。桜子ちゃんが見えるって言ってるんだから、恐怖新聞は本当にあるんじゃないかと思うんだ」

穏やかな口調でそう言うと、裕太が桜子を見つめて頷いた。

「裕太、まだそんなことを言ってるの？　恐怖新聞だなんて、馬鹿馬鹿しくて、根拠のない都市伝説のひとつなのよ」

苛立《いらだ》ったように姉が言い、桜子は首をすくめて身を硬くした。

桜子にも言いたいことはいくつもあった。けれど、こんな時は黙っているのがいちばんだと昔から知っていた。もし、口を開いたら、火に油を注ぐようなものだった。

「だから、菫子、そんなにガミガミ言うなって言ってるだろ？　お姉ちゃんなんだから、桜子ちゃんのことを少しは信じてやったらどうなんだ？」

諭《さと》すような口調で裕太が言った。

「信じろって、いったい何を信じろっていうの？　ああっ、馬鹿馬鹿しいっ！」

叫ぶかのように姉が言い、桜子はさらに身を硬くした。

「なあ、菫子。少しは冷静になって、僕の話を聞いてくれ」

少し強い口調で裕太が言い、姉はようやく口をつぐんだ。だが、恋人と妹を交互に見つめるその目には、怒りや蔑《さげす》みの感情がない交ぜになって浮かんでいた。

4.

その晩、裕太は菫子と桜子のふたりに、自分が調べた『恐怖新聞』についての知識を披露した。裕太が話をしているあいだ、姉はずっと上の空という態度を見せていた。けれど、桜子は裕太の目を真剣に見つめてその話に聞き入っていた。

裕太が調べたところでは、『恐怖新聞』についての噂《うわさ》が囁《ささや》かれ始めたのは、四十年以上も前のことのようだった。そして、この三十数年間、その噂は途絶えることなく囁かれ続けていた。

裕太によれば、インターネット上には今も『恐怖新聞』に関する情報が、無数と言ってもいいほどに散乱しているようだった。インターネットの扱いに長《た》けている裕太は、時間を見つけてはパソコンに向かい、そこからさまざまな情報を拾い上げていた。

「菫子が言うように、大部分は根拠のないデマみたいな情報だけど、中にはいくつか、信憑性《しんぴょうせい》の高い情報もあったよ。僕が調べたところによると、恐怖新聞を配達しているのは、その人に取り憑いている憑依霊らしいんだ。だからきっと、桜子ちゃんにも悪霊《あくりょう》みたいなものが取り憑いているんじゃないかと思う」

裕太が落ち着いた口調で言った。桜子に向けられた顔は恐ろしいほどに真剣だった。

けれど、隣に座った姉は、「憑依霊ですって?」と素っ頓狂な声で言って、蔑みのこもった視線を裕太に向けた。

「実はそうなのよ、裕太さん。お姉ちゃんには信じられないかもしれないけど、わたしには女の悪霊が取り憑いているのよ。その女がここに恐怖新聞を届けているのよ」

姉に怒鳴られるのではないかと思いながら、桜子はようやく口を開き、ふたりにそれを打ち明けた。

「やっぱりそうだったのか」

裕太が大きく頷《うなず》きながら言った。

裕太の態度に励まされて、桜子は親友の美鈴の実家である鎌倉《かまくら》の寺で、彼女の祖父に除霊の儀式をしてもらったことと、美鈴の祖父が憑依霊との対決に負けて除霊に失敗したことを打ち明けた。

「わたしのせいで、美鈴のおじいさんをひどい目に遭わせてしまったの」

裕太を見つめて桜子は言った。

姉の顔には一段と強い苛立ちが浮かんでいた。けれど、姉の口から言葉が発せられることはなかった。姉がしたのは、恋人と妹を珍しい動物を見るような目で見つめ、わざとらしいほど大きな溜め息をつくことだけだった。

そんな姉の隣で、裕太が再び口を開いた。

「最初に恐怖新聞の犠牲になったのは、鬼形礼《きがたれい》という名の男子中学生らしい。その子が本当に恐怖新聞を受け取っていたという確かな情報はないんだけど、かなりおかしな死に方をしているのは事実なんだ」

「おかしな死に方って……裕太さん……あの……わたしもその男の子みたいになってしまうのかしら？　わたしも最後は憑依霊に取り殺されてしまうのかしら？」

声をひどく震わせ、呻《うめ》くように桜子は言った。

「このまま放っておいたら、そうなってしまう可能性もある」

「ああっ、どうしよう？　どうしたらいいの？」

桜子は裕太に縋《すが》るような視線を向けた。

「除霊をするんだよ。もう一度、除霊の儀式をして、その憑依霊を追い払うんだ。たぶん、それ以外には方法はないんだ」

「だったら、美鈴のおじいさんに、もう一度、除霊をしてもらうべきなのかしら？」

「いや。たぶん、その老人の力では、桜子ちゃんに取り憑いてる悪霊には勝てないんだ。だから、何度やっても、結果は同じだと思う」

「だったら、どうすればいいの？　命が尽きる日を、ただ待っているしかないの？」

桜子はさらに声を震わせた。

「大丈夫だよ、桜子ちゃん。僕がきっと霊能者を探し出すよ。桜子ちゃんに取り憑いている悪霊を追い払えるような、有能な霊能者を探してみせる。だから、桜子ちゃん、僕に少しだけ時間をくれないか？」

力強い口調で裕太が言った。その目は今も、桜子を真っすぐに見つめ続けていた。

「ありがとう、裕太さん。でも、わたしに残されている時間は、たぶん、あまり長くないのよ。わたしは普通の人たちの百倍の速さで年を取っているようなものなんだから」

「わかってるよ。桜子ちゃんに取り憑いている悪霊を追い払うために、一日も早く有能な霊能者を見つけ出す。だから、僕を信頼してくれないか？」

裕太が言い、桜子は涙ぐみながら頷いた。自分を思いやる裕太の気持ちが、痛いほどに伝わってきたのだ。

「あなたたち、いつまで馬鹿げた話をしてるつもり？　ああっ、イライラするっ！」

一段と苛立った口調で、ふたりの会話に姉が割って入った。桜子には姉がヒステリーを起こす寸前だということがよくわかった。

裕太にもそれがわかったようで、それ以上、除霊について話すのをやめた。けれど、その目では桜子をじっと見つめ続けていた。

5.

裕太と姉の菫子は、日付が変わる少し前に帰っていった。

いや、裕太はここで『恐怖新聞』が届けられるのを待つと言ったのだが、姉がそれを許さなかったのだ。

ふたりが出て行くとすぐに、時計の針が午前零時を指した。その直後にハイヒールの足音が聞こえ始め、それがどんどんと近づいてきた。桜子にできたのは、恐怖に身を硬くしていることだけだった。

やがて「しんぶーん」という女の声が部屋の中に響いた。そして、今夜も桜子の部屋の中を、何枚もの『恐怖新聞』がバサバサと舞った。

桜子はもはや悲鳴を上げなかった。体を石のように硬くしたまま、室内を飛びまわる『恐怖新聞』を茫然《ぼうぜん》と見つめていただけだった。

そうするうちに、白い壁におぼろげな女の姿が浮かび上がった。

『おい、桜子、お前、また除霊をして、わたしを追い払おうと考えているな』

壁に浮かんだ女の人影が、濃くなったり、薄くなったりしながら言った。

桜子は返事をせず、体をさらに硬くして、おぼろげな女の影を見つめていた。

『返事をしろ、桜子っ！　再び除霊をするつもりでいるのかっ！』

怒鳴るかのように憑依霊が言い、桜子は痩せた体をビクッと震わせた。

「するつもりよ。わたし……死にたくないから……」

ひどく声を震わせながらも、桜子は壁に浮かんだ女を見つめて言った。

『よくわかった。わたしに歯向かうとどうなるか、嫌と言うほど思い知らせてやる。そうだな……そうだ、今すぐに、お前のお姉ちゃんを、このわたしと同じ目に遭わせてやることにしよう』

そう言うと、壁に浮かんだ憑依霊が楽しげに笑った。

「お姉ちゃんに何をするつもりなの？　同じ目に遭わせるって、それはどういうこと？」

込み上げる恐怖に耐えて桜子は尋ねた。

『足元の新聞に書いてある。読んでみろ』

楽しげな口調でそれだけ言うと、女はあっという間に姿を消してしまった。

桜子は足元に落ちていた『恐怖新聞』を拾い上げた。

いつものように、すぐに目が新聞の活字に吸い寄せられた。

そして、次の瞬間、桜子は息を呑んだ。そこに姉の菫子が今夜、車と接触して顔の右側にひどい怪我《けが》をすると書かれていたのだ。

桜子は両手で顔を挟みつけるようにして悲鳴を上げた。

「やめてっ！　お姉ちゃんまで巻き込まないでっ！」

桜子は壁に向かって叫んだ。「お姉ちゃんは無関係なのよっ！　お姉ちゃんにまで危害を加えるのはやめてっ！」

けれど、あの女が再び姿を現すことはなかった。

すぐに桜子は姉のスマートフォンを鳴らした。

出て、お姉ちゃん。電話に出て。

孝二郎の時と同じように、桜子はそう祈った。

けれど、あの時の孝二郎と同じように、姉はその電話に出なかった。

6.

早川《はやかわ》菫子が桜子の部屋を出たのは、間もなく午前零時になろうという時刻だった。

菫子が妹を訪れたのは、恋人を亡くした妹を案じてのことだった。

妹の部屋を訪れた時の菫子の心は、姉らしい思いやりに満ちていたのだ。

けれど、妹の部屋をあとにした時の気持ちは、ひどく刺々《とげとげ》しいものになっていた。

桜子と裕太が馬鹿げた都市伝説に夢中になっていることは、菫子にとってはひどく腹立たしいことだった。だが、それ以上に、恋人である自分をそっちのけにして、裕太が桜子のことばかり案じていることが腹立たしかった。

そう。菫子は妹に嫉妬していたのだ。

思い返してみれば、これまでもそうだった。妹を初めて裕太に紹介した時、彼はとても驚いたような顔をした。そして、「菫子にこんなに可愛《かわい》い妹がいたとは、びっくりだよ」と目を輝かせるようにして言った。

それからの裕太は桜子にとても優しく接した。それは実の兄のようでさえあった。昔から『お兄ちゃんが欲しかった』と言っていた桜子のほうも、裕太のことを慕っていた。

妹が優しくされるのは、姉としては嬉しいことのはずだった。けれど、妹と裕太が親しげに話している姿を目にするたびに、菫子は苛立ちにも似た感情を抱いた。

いつだったか、裕太が「菫子と桜子ちゃんは、姉妹なのに全然似ていないんだな」と言ったことがあった。

「そうね。似てるって言われることは、ほとんどないわね」

あの時、菫子は平然とそう答えたが、はらわたが煮えくり返るような気がしていた。桜子はあんなに綺麗で可愛いのに、お前はそうじゃないと言われたように感じたのだ。

その後もしばしば裕太は、『優しい』『思いやりがある』『奥ゆかしい』『淑《しと》やかだ』などと桜子を褒めた。『可愛い』『綺麗だ』『スタイルがいい』と言うこともあった。

そのたびに菫子は「そうね」と言って笑ったけれど、かなり不愉快な気分になった。

妹をやっかむなんて醜いわ。だから、焼きもちはやめなさい。

菫子はいつも自分にそう言い聞かせていた。けれど、嫉妬心を抑え込むのは容易なことではなかった。

きょうも仕事帰りに待ち合わせた彼の口から出たのは、桜子の話題ばかりだった。彼が『桜子ちゃん』と言うたびに、菫子は舌打ちをしたいような気持ちになった。


午前零時になろうというのに、気温は高く、吹き抜ける風も生ぬるかった。

妹の部屋を出てからの裕太はほとんど口を利かなかった。菫子が何を話しかけても、返ってくるのは「うん」とか、「ああ」などという気のない言葉ばかりだった。どうやら、いまだに『恐怖新聞』や、桜子に施す除霊とやらのことで頭がいっぱいのようだった。

裕太と董子が暮らしているマンションは、ここからバスで二十分ほどだった。けれど、最終のバスはすでに終わっていた。それでふたりは桜子のマンションのエントランスホールの前で、空車のタクシーが通りかかるのを待つことにした。

恋人と並んでタクシーを待ちながら、董子は『こんな人だとは思わなかった』と考えていた。苛立った感情を今は何とか抑え込んでいたけれど、自分がヒステリーを起こす寸前だということは感じていた。

タクシーは次々と通ったが、どの車にも客が乗っていて、空車はなかなか来なかった。それでも、五分ほどでふたりはタクシーを止めることができた。タクシーの運転手は二十代の後半に見える若い男だった。

タクシーの後部座席に並んで腰を下ろすと、裕太はすぐにカバンからタブレット型の端末を取り出し、それを膝の上に置いて操作をし始めた。裕太は筋肉質な体つきをしていたが、その指は女のように細くてしなやかだった。

裕太の体に寄りかかり、右腕に彼の温《ぬく》もりを感じながら、董子は彼の膝の上の端末の画面を覗き込んだ。どうやら、裕太は除霊をする霊能者を探しているようだった。

「ねえ、裕太、何も今、そんなことをしなくたっていいでしょう?」

裕太の膝に手を載せて、甘えた口調で董子は言った。ここで裕太が甘えさせてくれれば、ヒステリーを起こさずに済むような気がした。

「でも、急ぐ必要があるんだよ」

端末の操作を続けながら裕太が言った。「今の桜子ちゃんにとっては、一日が百日なんだ。だから、ぐずぐずしてはいられないんだよ」

「わたしたち、きょうはろくに話もしていないじゃない？　たまにはわたしの愚痴を聞いてくれてもいいんじゃない？　きょうは編集部でいろいろとあって大変だったのよ」

胸の中で怒りが膨らみつつあるのを感じながらも、やはり甘えた口調で菫子は言った。

「一緒に住んでるんだから、話なんていつだってできるだろう？」

突き放したように裕太が言った。彼はタブレット型端末から顔を上げることはなかった。

その態度が菫子の怒りをさらに膨らませた。

「裕太。こんなことは言いたくなかったんだけど、はっきり訊くわ」

菫子は言った。何とか感情をコントロールしようとしていたけれど、声が微《かす》かに震えていた。

「裕太はわたしと桜子のどっちが大切なの？」

その言葉に裕太がようやく顔を上げた。整ったその顔には怒りの表情が浮かんでいた。

「馬鹿げたことを訊くなよ。怒るぞ」

裕太が声を荒らげた。それが菫子の怒りを爆発させた。

「馬鹿げたことをしてるのはそっちでしょう？　恐怖新聞、恐怖新聞って、いい加減にしてよっ！　うんざりだわっ！」

菫子はついに声を張り上げた。その声を耳にしたタクシーの運転手が、驚いたように背後を振り向いた。

「こんなところで大声を出すなよ」

「はっきり聞かせてっ！　わたしと桜子のどっちが大事なのっ！」

さらに大きな声を張り上げると、恋人の答えを待って、菫子は彼の顔を見つめた。

今度は運転手は振り向かなかった。けれど、興味津々で聞き耳を立てているに違いなかった。

自分が子供っぽいことを言っているのは菫子にもわかっていた。それでも、裕太に『菫子のほうが大切だ』と言わせたかった。今はその言葉が、どうしても聞きたかった。

けれど、彼の口から出たのは、菫子が期待していたのとは違う言葉だった。

「いい加減にしてくれよ。菫子、自分の言ってることがわかってるのか？」

さっきよりさらに突き放した口調で裕太が言った。桜子に向けられた彼の目には蔑みの色が現れていた。

「答えられないの？」

「ああ。答えられない。そんな質問には答えたくない。馬鹿馬鹿しいっ！」

唾《つば》を飛ばして裕太が言い返した。それはまさに、売り言葉に買い言葉だった。

「だったら、わたしと別れて桜子と付き合えばいいんじゃないっ！　わたしはいつだって別れてあげるわっ！　運転手さん、わたし、降ります。止めてください」

一段とヒステリックに桜子は言った。

「あの……ここで降りるんですか？」

ハンドル操作を続けている運転手が、ミラー越しに菫子を見つめた。

「降りて止めてください」

叫ぶかのように菫子が言い、運転手はハザードを出して車を路肩に寄せて停止させた。すぐに菫子の左側のドアが開いた。そこから菫子は車を降りようとした。

「菫子、いい加減にしろよっ！」

菫子の右腕を摑《つか》んで裕太が言った。

「うるさいわね。放してっ！」

腕を摑んでいる裕太の手を振り払い、菫子はタクシーから降りた。

「おいっ、菫子、どこに行くんだ？」

背後から裕太の声が聞こえた。だが、菫子は振り返らず、そのまま歩道を歩き始めた。

「待てよ、菫子っ！」

菫子を追ってタクシーを降りたらしい裕太が、背後から再び腕を摑んだ。その腕を再び力任せに振り払うと、菫子は人影もまばらな歩道を勢いよく走り出した。

「待てよ、菫子っ！　待てったらっ！」

裕太の叫ぶような声が聞こえたが、立ち止まらなかった。

畜生っ！　畜生っ！　畜生っ！　畜生っ！

街路灯に照らされた歩道を走り続けながら、菫子は心の中で叫んだ。

深夜なので歩いている人はほとんどいなかった。だが、幹線道路だということもあって、車の交通量は少なくなかった。

「おいっ、待てって言ってるのが聞こえないのかっ！」

背後からまたしても裕太が菫子の腕を摑んだ。

「放してっ！　触らないでっ！」

そう叫びながら、裕太の腕をもう一度振り払った瞬間、菫子は何かに躓《つまず》いて大きくよろけた。そして、たたらを踏むかのように歩道から車道へと飛び出し、脚を縺《もつ》れさせてその場に倒れ込んだ。

後方からふたつのヘッドライトが近づいてくるのが見えた。大型トラックだった。トラックがクラクションを鳴らした。その音が辺りに響き渡った。

「いやーっ！」

車道にうずくまったまま菫子は叫んだ。だが、次の瞬間、何もわからなくなった。

7.

その後も桜子は姉のスマートフォンを鳴らし続けた。

孝二郎の時には電話が通じなくなった。事故に遭った瞬間にスマートフォンが壊れたのだ。けれど、今回は姉のスマートフォンは壊れてはいないようで、誰も出ないままに呼び出し音が続いていた。

お姉ちゃん、電話に出て。お願いだから出て。

そう祈りながら、桜子は姉に繰り返し電話をかけ続けた。

ようやく電話が通じたのは、かけ始めてから十五分がすぎた頃だった。

「お姉ちゃんっ！」

スマートフォンを握り締めて桜子は叫んだ。けれど、聞こえてきたのは姉の声ではなかった。

『桜子ちゃん、僕だよっ！　裕太だよっ！』

耳に飛び込んできた裕太の声は、ひどく上ずっているようだった。

「裕太さん……あの……お姉ちゃんは？」

『菫子が車に撥《は》ねられたっ！　今、救急車で病院に向かっているところなんだっ！　僕も一緒に救急車に乗っているんだっ！』

その言葉を聞いた瞬間、目の前が真っ暗になったような気がした。スマートフォンからは裕太の声だけでなく、そばにいるらしい人々の切羽詰まったような声も聞こえた。

「そんな……そんな……」

桜子は呻くような声を漏らした。「お姉ちゃんはどこを怪我してるの？　大怪我なの？　意識はあるの？　話はできるの？」

吐き気が込み上げるのを感じながら、桜子は立て続けに訊いた。

けれど、裕太は『今はまだよくわからない。またあとで電話するよっ！』と、叫ぶように言い、その直後に電話は切られてしまった。

切れたスマートフォンを握り締めたまま、桜子は茫然自失の状態で目の前にある白い壁を見つめていた。

「わたしのせいだ……わたしのせいだ……」

壁を見つめたまま、誰にともなく桜子は言った。姉までをも巻き込んでしまったと思うと、正気を失いそうだった。

無意識のうちに、桜子は自分の顔の右側に触れた。今夜届いた『恐怖新聞』に、姉が顔の右側に大怪我をすると書かれていたことを思い出したのだ。

桜子が壁を見つめていると、やがてそこにあの女の姿がまた浮き上がってきた。

『お前の姉さんの顔を傷つけてやったぞ。めちゃくちゃにしてやったぞ』

おぼろげな女の影が、とても楽しげに言った。

「めちゃくちゃって……そんな……どうして、そんなひどいことをするの？　わたしがあなたに何をしたっていうの？　教えてください。お願いです。教えてください」

壁の女に向かって、桜子は声を震わせて言った。

『これ以上、抗《あらが》うのはやめろ。お前は恐怖新聞を読むんだ。読み続けて死ぬんだ』

桜子しかいない部屋の中に、勝ち誇ったかのような女の声が響いた。

「あなたの目的は何なんですか？　わたしをどうしたいんですか？」

桜子は丁寧語を使った。その女を怒らせたくなかったから。

けれど、女はその問いかけには答えず、すぐに姿を消してしまった。

「ああっ、どうしたらいいの？　わたしはいったい、どうしたらいいの？」

呻くように呟《つぶや》くと、桜子は両手で顔を覆って啜り泣いた。

第五章

1.

　五月も終わりに近づいた。桜子《さくらこ》の元に『恐怖新聞《きようふしんぶん》』が届き始めてから三十日がすぎた。

　このひと月のあいだ、一日も欠かさずに『恐怖新聞』が届けられ、桜子は一日も欠かさずにそれを読んだ。つまり、桜子の命はこのひと月で百ヶ月、八年以上も縮んだという計算だった。

　桜子の部屋から帰る途中で大型トラックに撥《は》ねられた姉の菫子《すみれこ》は、全身を強く打って大怪我《おおけが》をし、今もなお都内の病院に入院中だった。

　事故の知らせを受けた直後に、桜子はタクシーで入院先の病院に駆けつけた。けれど、集中治療室にいた姉には会えず、青ざめてうろたえている裕太《ゆうた》と会っただけだった。

　あの時、裕太は姉が事故に遭ったのは僕のせいなのだと言って、自分をひどく責めていた。あれほど取り乱した様子の彼を目にしたのは初めてだった。

　そんな裕太に桜子は、姉の事故は彼の責任ではないのだと、涙ながらに説明した。

「それは違うの、裕太さん。こんなことになったのは、みんなわたしのせいなの」

涙をハンカチで拭いながら、桜子は声を震わせて言った。そして、今夜また憑依霊《ひょういれい》が現れて、姉を自分と同じ目に遭わせると言ったことと、その直前に届いた『恐怖新聞』に姉が交通事故に遭って大怪我をすると予言されていたことを伝えた。

「自分と同じ目に？　憑依霊がそう言ったのかい？」

裕太が訊《き》いた。その声が桜子に負けないほど震えていた。彼は廊下に置かれている長椅子に腰掛けていたのだが、膝に置かれていた指もひどく震えていた。

「ええ。そう言ったわ」

「ということは、憑依霊の女も交通事故に遭ったのかな？」

青ざめた顔の裕太が言った。

「それはわからないけど……でも、お姉ちゃんが事故に遭ったのは裕太さんのせいじゃないのよ。それだけは間違いないの」

桜子が言い、裕太が無言で頷《うなず》いた。


両親は事故の翌朝に新潟《にいがた》から駆けつけた。その時に、桜子は両親と一緒に再び姉の入院先を訪れた。

姉は集中治療室から病室へと移されていたが、相変わらず意識不明の状態で、何本ものチューブやコードに繋《つな》がれていた。口には酸素マスクがあてがわれていた。

姉の頭部は包帯でぐるぐる巻きにされていて、両親や桜子にはその顔を見ることはできなかった。だが、医師によれば姉は顔にもひどい怪我をしているようだった。それだけでなく、右目は失明してしまったということだった。

変わり果てた姉の姿を目にした母は、半狂乱になって泣き叫んだ。父もまた、沈痛な顔をして目を潤ませていた。

「お姉ちゃん……お姉ちゃん……」

桜子はベッドに横たわった姉に縋《すが》りついて泣きじゃくった。

病室には富井《とみい》裕太がいた。仕事を休んで、ずっと姉に付き添っていたようだった。彼は学生時代に姉に連れられ、両親に挨拶をするために新潟まで来たことがあった。

病室にやってきた両親に、裕太は深々と頭を下げた。そして、前夜の状況を説明し、董子が事故に遭ったのは自分のせいだと言って謝罪した。

「取り返しのつかないことをしてしまいました。すべては僕の責任ですから、これから何があろうと、董子さんのことは僕がずっと面倒をみます」

両親を見つめて裕太が言った。その目が涙で潤んでいた。

そんな裕太に、父は「よろしくお願いします」と言って頭を下げた。けれど、母のほうは何も言わず、冷たい視線を裕太に向けただけだった。

「裕太さんのせいじゃないの。お姉ちゃんが事故に遭ったのはわたしのせいなの」

桜子は思わずそう口にした。

「どういうことだい、桜子？」

真っ赤になった目で父が桜子を見つめた。

桜子は『恐怖新聞』や憑依霊のことを言おうとした。けれど、裕太がそれを制した。

「いいえ、お父さん。桜子ちゃんは関係ありません。すべては僕ひとりのせいです」

父にそう言ってから、裕太が桜子を見つめて頷いた。


姉の意識はその翌日には戻った。その日はまだ朦朧《もうろう》としていたが、数日すると少しずつ話ができるようになった。

右目を失明したと知らされた姉は、感情が安定せず、泣いたり叫んだりを繰り返した。それで両親は他の患者に迷惑がかからないように、姉を個室に移動させた。

姉は両親とはぽつりぽつりと話をしていた。けれど、桜子とは一言も口を利かなかった。桜子もまた、姉にはほとんど話しかけなかった。

両親は都内のホテルに宿泊を続け、毎日、必ず姉の病室に通っていた。その時には、桜子もふたりについていった。

姉の頭には相変わらず包帯が巻かれていて、外から見えるのは口と左目だけで、その顔を見ることはできなかった。姉には詳しいことは知らされていないようだったが、両親が医師から聞いたところによれば、姉の顔の右側の怪我はかなりひどいらしかった。

教師の仕事をいつまでも休むわけにはいかず、両親は姉の身を案じながらも、一週間ほど滞在したあとで新潟に戻っていった。

両親が新潟に帰ってから、桜子は姉の見舞いに一度も行っていなかった。

そんな桜子を母は『お前には情というものがないの？』と言って激しく責めた。けれど、桜子は行かなかった。姉に合わせる顔がないように感じていたのだ。姉が自分に会いたくなさそうなことも、何となく感じ取っていた。

2.

美鈴《みすず》は毎日のように桜子の部屋にやって来た。最初の数日、桜子は美鈴を部屋に入れなかった。けれど、やがて根負けして、『恐怖新聞』が届く午前零時前には必ず帰るという約束で、部屋に入ってもらうようになった。

いや、根負けしたわけではない。桜子も美鈴にいてもらいたかったのだ。

今の桜子は一日中、『恐怖新聞』のことや姉のことを考えて悶々《もんもん》とした気分で暮らしていた。だが、美鈴と紅茶を飲みながら話をしている時だけは、いくらか安らいだ気持ちになれた。

美鈴はいつも優しい態度で桜子に接してくれた。いろいろな言葉で励ましてもくれた。その美鈴によれば、彼女の祖父は数日前に退院していたが、今も寝たり起きたりということを繰り返しているようだった。

美鈴の祖父を、自分がそんな状態にさせてしまったのだと思うと、桜子はやり切れない気分だった。

孝二郎の葬儀はとうに終わっていた。桜子は行かなかったが、美鈴は参列したようだった。孝二郎の両親は息子の死を受け入れられず、憔悴《しょうすい》しきった様子でいたということだった。

何もかもがわたしのせいなんだ。わたしがすべての災いの元なんだ。

そう考えると、恐ろしかったし、辛かった。


裕太は毎日のように桜子に連絡をくれた。仕事帰りに桜子を訪れることもあった。

彼は一日も欠かさず、姉の病室に通い続けているようだった。姉は裕太のせいで自分が事故に遭ったと考えていて、彼に対しても刺々《とげとげ》しい態度で接しているということだった。

「担当医が言うには、菫子の顔の右側はかなり無残な状態になっているらしいんだ。いつかは菫子にも、それを伝えなくちゃならないだろうけど……菫子は今も精神安定剤が欠かせないような状態だから、顔のことはまだ知らせていないんだ」

数日前、辛そうな顔をした裕太が桜子にそう言った。だが、裕太もまだ姉の顔がどれほどのことになっているのか、きちんとした説明は受けていないようだった。

その裕太は今も、桜子の除霊をするために霊能者を探しているらしかった。

「わたしのことは放っておいてもいいのよ。裕太さんには新聞記者としての仕事があるんだから、わたしのことなんかで手を煩《わずら》わせちゃ悪いわ」

桜子は何度となくそんな言葉を口にした。裕太の気持ちは嬉《うれ》しかったが、再び除霊をしようとすれば、憑依霊が何をするかわからなかった。親しい人たちがひどい目に遭わされるのは、もうたくさんだった。今の桜子は、周りの人たちを不幸にするだけの疫病神《やくびょうがみ》のようなものだった。

「希望を捨てちゃダメだよ、桜子ちゃん。僕が必ず何とかする。有能な霊能者を必ず見つけ出す。だから、もう少しだけ待っていてくれないか」

この部屋を訪れるたびに、裕太はそう言って桜子を励ましてくれた。

その言葉に桜子はいつも笑みを作って頷いた。だが、期待を膨らませることはしなかった。すでに半ば諦めていたのだ。

桜子は今も頻繁に自殺することを考えていた。死ぬのは怖かった。けれど、死んでしまえばすべてから解放されて、今よりは楽になれるのかもしれなかった。

死にたい……でも、死ぬのは怖い……できることなら、生きていたい……できることなら除霊をして、あの憑依霊と縁を切りたい……わたしはまだ二十歳にもなっていないのだから……でも、除霊をしたら、またひどいことが起きるのかもしれない……また誰かが犠牲になるのかもしれない……だったら、やっぱり自殺したほうがいいのかもしれない……死ねば楽になれるのかもしれない……でも、怖い。死ぬのはやっぱり怖い……。

桜子の頭の中では、そんな思いがいつもグルグルと駆け巡っていた。

3.

今夜もまた、どこからともなくハイヒールの足音が聞こえ始め、その足音がどんどんこちらに近づいてきた。

ベッドの端に浅く腰掛け、桜子は無表情にその音を聞いていた。

ハイヒールの足音に続いて、いつものように、「しんぶーん」という女の声が響いた。そして、いつものように、窓を閉め切った桜子の部屋の中に、バサバサという音を立てて何枚もの『恐怖新聞』が舞い始めた。

桜子はわずかに身を屈《かが》め、足元にはらりと落ちた新聞の一枚に虚《うつ》ろな視線を向けた。そこには大きな活字で、きょうの午後、桜子が姉を見舞うと書かれていた。

「何もかも、お見通しなのね」

桜子は力なく呟《つぶや》いた。だが、血の気の失われたその顔は、無表情なままだった。

確かに、桜子は午後の面会時間に姉を見舞おうと考えていた。行きたくはなかったけれど、母に激しく責められて、しかたなく行くことにしたのだ。姉は自分のせいで事故に遭ったのだし、自分はたったひとりの妹なのだから、たまには顔を出さなければならないとも考えていた。

『おい、桜子。随分と元気がないな』

足元の新聞を見つめていると、自分を呼ぶ声が耳に飛び込んできた。

その声に、桜子はゆっくりと顔を上げた。

思った通り、目の前にある白い壁に、おぼろげな女の姿が浮き上がっていた。

「元気がないのは当たり前でしょう？　わたしに何か用なの？」

ふてくされたような口調で桜子は訊いた。

『なあ、桜子。いったい、何をしに姉さんのところに行くつもりなんだ？』

憑依霊が言った。何やら、楽しげな口調だった。

「何をしにって……お見舞いに決まってるじゃない？」

『お前が見舞いに来て、果たして姉さんは喜ぶのかな？』

憑依霊が言ったが、桜子は返事をしなかった。

そんな桜子に向かって、憑依霊が言葉を続けた。

『お前の姉さんはお前のことを、どう思っているんだと思う？』

桜子はやはり返事をしなかった。返事をする必要があるとも思えなかった。

『わからないなら、教えてやる』

憑依霊がさらに言葉を続けた。『お前の姉さんは、今、ひとりきりの病室で、お前のことを憎んでいるぞ。お前のことを殺したいとさえ思っているぞ』

その言葉は桜子をゾッとさせた。

「嘘《うそ》よ……そんなこと……そんなことがあるはずないわ」

壁に浮かんだ悪霊《あくりょう》を見つめ、桜子は力なく顔を左右に振り動かしながら言った。

『いや、これは事実だ。今の菫子はわたしと同じように……いや、わたしより遥《はる》かに強くお前を憎んでいるんだ。お前なんか生まれてこなければよかったと思っているんだ』

「そんなの、嘘よ……あり得ない……嘘よ……嘘よ……」

嫌々をするかのようになおも首を振りながら、桜子は小声で繰り返した。

『桜子、自分を騙《だま》すのはやめろ。お前は知っているはずだ。菫子が自分を疎《うと》ましく感じていると、お前は昔から知っていたはずだ。そうだろう？　図星だろう？』

「嘘よ……嘘よ……そんなこと……デタラメよ」

『嘘なものか。桜子、自分の胸に手を当てて、よく考えてみるんだ』

憑依霊が楽しげに笑った。その笑い声が部屋の中に不気味に響いた。


人影が消えたあとも、桜子は目の前の白い壁を茫然《ぼうぜん》と見つめていた。

憑依霊には『嘘だ』と言った。『あり得ない』とも言った。けれど、憑依霊が言ったことは、まったくの的外れだというわけではなかった。

そう。おそらく、姉の菫子は、自分より妹のほうがその容姿において優《まさ》っていると、幼い頃から感じ続けていたのだ。菫子がそれを口にしたことはただの一度もなかったけれど、姉がそんなふうに感じているらしいことに、桜子もまた以前から気づいていた。

菫子と桜子が幼かった頃、両親は娘たちの写真を実に頻繁に撮影した。そんな写真では姉はよく桜子の頬を左右に引っ張ったり、目を吊《つ》り上げさせたり、指先で鼻を押して上を向かせたりして、おかしな顔をさせていた。
そんな時、姉は楽しそうに笑っていたし、娘たちにカメラのレンズを向けている両親も笑ってい
た。姉に顔をいじられながら、桜子もまた笑っていた。
あの時は、姉がただ、みんなを笑わせようとして自分の顔をいじっているのだと桜子は思ってい
た。
けれど、そうではないのかもしれなかった。
赤ん坊の頃から、桜子はとても可愛《かわい》らしい顔をしていたという。桜子を見に来た人々が、『可愛
い』『可愛い』と繰り返すものだから、桜子が最初に覚えたのは『可愛い』という言葉だったと聞
いていた。
姉もまた、とても可愛い少女だった。だが、ふたりで並んだ写真を見れば、どちらのほうがより
可愛いのかは一目瞭然だった。
桜子より三つ上の姉は、あの頃からそれをちゃんと知っていたのだろう。だから、妹と並んで写
真を撮られる時には、妹が自分より可愛く写らないようにしていたのだろう。
そこには確かに、悪意があったのかもしれない。嫉妬心があったのかもしれない。
だが、それでも、実の姉である菫子が、自分を殺したいほど憎んでいるとは、桜子には考えられ
なかった。いや、そんな悲しいことは考えたくなかった。

4.

朝がきた。

目を覚ました桜子は、病人のようにゆっくりとベッドに上半身を起こした。

かつての桜子は新しい一日が始まることが嬉しくて、毎朝、勢いよくベッドから飛び出したものだった。

だが、今はそんな気力はなかった。

今の桜子にとっては、一日が百日なのだ。一日生きることで、百日分もの命が縮むのだ。元気を出せと求めるほうが無理というものだった。

きょうも天気がいいようで、カーテンの隙間から差し込む朝日が床を強く照らしていた。天気予報によれば、きょうも夏日になるようだった。

真夜中に届けられた『恐怖新聞』が、サイドテーブルの上に無造作に置かれているのが見えた。

桜子が姉を見舞うと書かれていた新聞だった。

今までは気づかなかったが、その記事のすぐ下に、きょうの未明に美鈴の祖父が全身衰弱による多臓器不全で亡くなると書かれていた。

桜子は思わず呻《うめ》いた。そこまでする悪霊のしつこさが恨めしかった。

すぐに美鈴に電話を入れた。

『おはよう、桜子』

スマートフォンから美鈴の声が聞こえた。その声は明るかったけれど、無理をして明るくしているに違いなかった。

「美鈴、あの……おじいさんだけど……亡くなったの？」

叫び出しそうになる気持ちを抑えて桜子は訊いた。

『知ってたんだね、桜子？　どうして？』

急に沈んだ声になった美鈴が訊き返した。

「恐怖新聞に書いてあったの」

『そうだったんだね』

「あの……美鈴のおじいさん、良くなっていたんじゃないの？」

桜子は言った。美鈴からは、祖父は回復しつつあると聞かされていた。

『うん。そう見えたんだけど……きのうの夜、急に容態が悪化して……すぐに救急車で病院に搬送されたんだけど……助からなかった』

声を詰まらせて美鈴が言った。泣いているらしかった。

「ごめんね、美鈴……わたしのせいで、こんなことになっちゃって……」

桜子は力なく謝罪した。気がつくと、桜子の目も涙で潤んでいた。

『謝らないで、桜子。桜子のせいじゃない。桜子は何も悪くないんだよ』

強い口調で美鈴が言った。

「ありがとう、美鈴」

桜子は涙を溢《あふ》れさせながら頷いたけれど、心の中では自分のことを、つくづく疫病神なのだと感じていた。

5.

姉が入院している総合病院へと向かう桜子の足取りは重たかった。頭上に広がる空の明るさとは裏腹に、気持ちもひどく沈んでいた。

裕太によれば、姉はまだ自分の顔の損傷の状態について、細かいことは何も知らされていないということだった。

それでも、姉は自分の顔が元通りにはならないのではないかと感じているようだった。今の姉は頻繁にパニックに陥って、大声をあげて泣き叫ぶという状態で、精神安定剤が欠かせないらしかった。

菫子の顔の状態については、恋人である裕太も詳しく聞かされてはいないということだった。

「先生にいくら訊いても、はっきりと答えてくれないんだ」

最後に桜子の部屋を訪れたおとといの晩に、裕太はそう言っていた。それでも、担当医や看護師たちの口調や態度から、菫子の顔の損傷がかなりひどいのだと裕太も感じているらしかった。

もし、わたしが、顔が変わってしまうほどの大怪我をしたら……。

桜子はそれを想像してみた。けれど、想像しただけで、パニックに陥りそうになった。

桜子が自分の美貌を鼻にかけたことは一度もなかった。父はよく桜子たちに、『人に自慢していいのは、自分の努力で手に入れたものだけだよ』と言っていたから、可愛いとか、綺麗《きれい》だとかいうことを自慢するのは醜いことだと考えていたのだ。

それでも、顔にそんな大怪我をしたらと考えると、体の中に凄《すさ》まじいまでの恐怖が広がっていった。

桜子が病院に着いたのは、間もなく午後三時になろうという頃だった。

姉は七階の個室に入院していた。それほど広いわけではなかったが、窓が大きくて明るい部屋で、トイレもあったし、テレビや冷蔵庫もあった。付き添いの人のためのベッドと、ソファとローテーブルもあった。

姉の病室のドアの前に立つと、桜子は何度か深呼吸を繰り返した。それから、右手をゆっくりとドアに伸ばし、恐る恐るノックをした。

「誰?」

ドアの向こうから姉の声が聞こえた。その声はかなり刺々しかった。

「お姉ちゃん、わたしよ。あの……桜子よ」

ドアに顔を近づけて、できるだけ優しい口調で桜子は言った。

けれど、ドアの向こうから返事は戻ってこなかった。

「お姉ちゃん、聞こえてる？　わたしよ。入るわよ」

ドアに一段と顔を近づけ、さっきより大きな声で桜子は言った。

「会いたくないっ！　帰ってっ！」

姉の声がした。その声は一段と刺々しいものになっていた。

桜子は一瞬、踵《きびす》を返して廊下を引き返そうかと考えた。けれど、そうはせずにアルミ製のノブを摑《つか》み、目の前のドアをゆっくりと押し開けた。

姉はベッドの上にいた。パジャマ姿でベッドの背もたれに寄りかかり、こちらを向いていた。姉の顔は今も白い包帯でぐるぐる巻きにされていて、口の部分と、失明していないほうの左目だけが包帯から出ていた。

その部屋は明るくて、とても清潔だった。だが、そこに漂う空気は、何となく澱《よど》んでいるように感じられた。

「誰が入っていいって言った？　帰ってって言ったのが聞こえなかったのっ！」

ヒステリックに姉が言った。その口調はほとんど喧嘩腰《けんかごし》と言ってよかった。見えるほうの左目には、怒りが浮かんでいるように感じられた。

「お姉ちゃん……あの……」

「何をしに来たのっ！　哀れなわたしを慰めに来たのっ！　さっさと帰ってっ！」

怒鳴るように姉が言った。包帯が巻かれていない口から唾液が飛ぶのが見えた。

「お姉ちゃん……わたしのせいで、ごめんなさい」

いたたまれない気分になりながらも、桜子は姉に向かって頭を下げた。

「そうよ。こんなことになったのは、みんな桜子のせいなのよっ！　どうしてくれるの、桜子っ！　わたしの人生はあんたのせいでめちゃくちゃになっちゃったのよっ！」

姉が声を張り上げた。甲高いその声が、桜子の耳にビンビンと響いた。

「ごめんなさい。お姉ちゃん。ごめんなさい」

姉のベッドに歩み寄りながら、桜子は謝罪の言葉を繰り返した。

「あんたの顔なんか二度と見たくないっ！　帰ってっ！　帰ってっ！　帰ってーっ！」

体をよじるようにして姉が絶叫した。

もはや選択肢はなかった。桜子は姉に背を向けると、たった今入ってきたばかりのドアに向かって歩き始めた。

また目が涙で潤み始めたようだった。すべてのものがぼんやりと霞《かす》んで見えた。

6.

妹が出て行ったドアを、菫子は怒りと苛立《いらだ》ち、そして、恨みと憎しみとがこもった目で見つめ続けていた。

幼い頃から妹が自分を慕ってくれているのは知っていた。自分が頼りにされていることも、よくわかっていた。そんな妹が可愛くないわけではなかったけれど、妹さえいなければと感じることも少なくはなかった。

そうなのだ。もし、桜子が生まれてこなかったら、菫子はきっと、今よりずっと自信を持って生きられたのだ。せめて桜子があれほどまでに可愛くなければ、菫子は誰に対しても嫉妬の感情など一度も抱くことなしに生きてこられたのだ。自信と誇りを持ち、真っすぐな気持ちで、明るく素直に、前向きに生きてこられたはずなのだ。

桜子が三つか四つになった頃から、菫子は妹のほうが自分より少しだけ可愛いのではないかと感じるようになった。

最初は自分の思い違いかもしれないと考えた。けれど、妹のほうが少しだけ可愛いという思いは、薄れるどころか、日を追うごとに強くなっていった。

鏡を覗《のぞ》くと、そこに映った自分の顔は、菫子の目にもとても可愛らしく感じられた。

確かに、菫子は可愛かった。同じクラスの少女たちの誰よりも可愛かった。

けれど、同じ部屋にいる桜子の顔は、自分よりほんの少し可愛いように見えた。

ほんの少し……ほんの少し……本当に、ほんの少しだけ……。

だが、その『ほんの少し』が、菫子にとっては大きな問題だった。

幼い頃から、菫子は母によく似ていると言われていた。『瓜《うり》ふたつ』だと言う親戚の者たちもいた。

それに対して、妹の桜子は母に少しも似ていなかった。それだけでなく、父にもまったく似ていなかった。

「わたしはお母さんに似てるって言われるけど、桜子は誰に似ているの？」

桜子が小学校に上がる頃に、菫子は父にそう尋ねたことがあった。

すると、父がすぐに答えた。

「うん。お父さんもそのことはよく考えるんだけど、たぶん、桜子はお父さんの母方のおばあさんに似たんじゃないかな？　そのおばあさんはお父さんが生まれる前に亡くなったんだけど、絶世の美女だって言われていたらしいよ。写真を見たことがあるけど、本当に綺麗な人だったな」

屈託のない口調で言うと、父が楽しげに笑った。

その言葉に菫子はショックを受けた。父が桜子を『絶世の美女』だと言ったような気がしたのだ。菫子より桜子のほうが、優れた容姿の持ち主だと断言したように感じたのだ。


小学校に入学してしばらくのあいだ、菫子はいつもみんなの中心にいるように感じていた。周りの者たちの視線を自分は一身に集めているのだ、と。

わたしがこの学校でいちばんの美少女だと、誰もがみんな思っている。

それを鼻にかけたことは一度もなかったけれど、菫子はしばしばそんなふうに感じて優越感に浸っていた。

けれど、妹が同じ小学校に通い始めると、いろいろなことが変わっていった。

『菫子の妹って、びっくりするくらいに可愛いんだね』『桜子ちゃんって、お人形さんみたいだね』

『あんなに可愛い子は見たことがないよ』

友人たちがそんなことを言っているのを、菫子は頻繁に耳にするようになった。

「そうでしょう？　桜子はわたしの自慢の妹なんだ」

妹を褒める友人たちに、菫子はいつも笑顔でそう応じていた。けれど、心の中はいつももやもやとしていた。

それでも、その不愉快な気持ちを、菫子は決して顔に出さないように注意していた。妹に嫉妬するなんて、みっともないことだと思っていたから。

その頃も、それからあとも、菫子はできるだけ妹を自分に近づけないようにしていた。妹のそばにいると比べられて、自分の美しさが霞んでしまうから。

けれど、桜子のほうは、どういうわけか、姉のそばにいたがって、いろいろなところについてきた。菫子にはそれがひどく鬱陶しく感じられた。

『菫子の妹は可愛い』『お人形さんみたい』『あんなに可愛い子は見たことがない』『大人になったら、すごい美人になる』

その後も菫子はそんな言葉の数々を、実に頻繁に耳にした。それを聞くたびに、菫子は自分を、姉妹のうちのできそこないのように感じた。

ああっ、桜子なんて、生まれてこなければよかったのに。生まれてきたとしても、あんなにも可愛くなければよかったのに。

あの頃の菫子は……いや、今もなお、菫子は心の底からそう思っていた。

菫子にとっての桜子は疫病神のようなものだった。

菫子がこんな事故に遭ったのも、桜子がいたからだった。あの晩、裕太が菫子を放《ほ》ったらかしにして桜子のことばかり心配しているから、感情が爆発してしまったのだ。

その裕太は毎日、必ずここに来てくれている。

裕太はすべてを自分のせいだと考えていて、来るたびに謝罪の言葉を口にした。そして、菫子の手を握り締め、「好きだよ、菫子」「愛してる」と繰り返した。

それが嬉しくなかったわけではないけれど、優しすぎるその態度が菫子をかえって不安にさせた。裕太が何かを隠しているように感じたのだ。

何かを？

いや、彼が何を隠しているのか、今では菫子にも何となくわかりかけていた。

きょうの午前中、回診に来た担当医に、菫子は自分の顔の怪我について尋ねた。彼にそれを訊くのは初めてではなく、毎日のように訊いていたのだ。

だが、まだ若い担当医はそのたびに、曖昧に言葉を濁した。自分の口からは話したくなさそうだった。

今朝の菫子はいつもより強い口調で、説明してくれと担当医に執拗《しつよう》に迫った。

「先生。教えてください。どうしても知りたいんです。わたしの顔はどんな状態なんですか？　わたしにはそれを知る権利があるはずです」

「そうですね。あの……あと半月ほどで、怪我のほうは完治すると思われます」

人見知りらしい担当医が歯切れの悪い口調で言った。喋《しゃべ》っているあいだも担当医は落ち着きなく視線をさまよわせていて、菫子の目をまともに見ようとしなかった。

「完治するということは、完全に元の通りになるということなんですか？　怪我をする前とまったく同じになるんですか？」

菫子がなおも詰め寄り、色白で丸顔の担当医は戸惑ったような顔をした。

「そうですね。あの……今は医学が進歩していますから……」

相変わらず、視線をさまよわせながら、担当医が言いにくそうに言った。「ですから、あの……完全にとまではいかなくても、あの……何度か手術を繰り返すことで、あの……元の状態にかなり近づけることができるんじゃないかと思います」

その言葉に、菫子はゾッとした。同時に、目の前が暗くなるような気がした。

そう。たとえ怪我が治ったとしても、菫子の顔はさらに手術をする必要があるのだ。手術を繰り返したとしても、おそらくは、怪我をする前の美貌は戻ってこないのだ。

その日、菫子の夕食が終わった頃に、裕太が病室にやって来た。

「具合はどうだい、菫子？」

ベッド脇の椅子に座った裕太が、包帯から覗いている菫子の左目を見つめて優しい口調で訊いた。

「別に……変わりはないわ」

恋人の顔を見つめ返し、菫子は力なく答えた。

そんな菫子のほうに裕太が手を伸ばした。そして、ベッドの上に置かれていた菫子の右手を両手で強く握り締め、菫子の左目を見つめて言った。

「菫子が元気になったら結婚しようよ」

見えるほうの左目で、菫子は裕太の顔を見つめ返した。

彼らは結婚を前提に一緒に暮らしていた。けれど、結婚の時期について彼が具体的なことを口にしたのは今が初めてだった。

「どうしたの、急に？　そんなことを、どうして急に言うの？」

菫子は訊いた。笑ったつもりだったが、包帯に隠れている顔が引きつったようになって、うまく笑えなかった。

「どうしてって……あの……こんなことになっちゃったけど、あの……僕の気持ちはほんの少しも変わっていないっていうことを、あの……菫子に伝えたかったから……」

いつもハキハキとしている裕太にしては、その口調は歯切れが悪かった。

菫子は恋人の顔をじっと見つめた。彼は何かを隠しているかのような顔をしていた。裕太は嘘をつくのが下手なのだ。

「ねえ、裕太。わたしの顔はどうなっているの？　裕太は教えてもらっているんでしょう？　わたしの顔はどうなっているの？　見るも無残なことになっているの？」

包帯の上から顔に触れながら菫子は尋ねた。泣くつもりなんてなかったのに、裕太の顔が涙で霞み始めた。

「知らないよ。僕はあの……何も聞かされていないよ」

口早に裕太が言った。

それを聞いた菫子は、裕太が知っているのだと確信した。何かを隠している時の彼は、いつもそんな口調になるのだ。

7.

姉の病室を見舞った晩、桜子の部屋のインターフォンが鳴らされた。

誰だろうとは思わなかった。こんな時刻にやってくるのは、裕太のほかにはいなかった。

今ではここを訪れるのは、美鈴と裕太のふたりだけだった。一日中、心細い気持ちですごしている桜子は、ふたりが来てくれるのをいつも心待ちにしていた。

インターフォンのモニターに駆け寄ると、案の定、そこに姉の恋人の顔が映っていた。

桜子は玄関ドアへと駆け寄り、笑顔のままそれを素早く押し開けた。廊下に立っている裕太の顔にも笑みが浮かんでいた。

「こんばんは、桜子ちゃん。今、入っていいかい？」

裕太が訊いた。彼はストライプのワイシャツ姿で、ネクタイはしていなかった。

「こんばんは、裕太さん。どうぞ、入ってください」

笑顔で言うと、桜子は裕太を部屋の中に招き入れた。

相変わらず、桜子は化粧をしていなかった。けれど、美鈴や裕太が来るようになってからは、また丁寧に部屋の掃除をするようになっていた。一日中、ナイトドレスですごすのもやめて、ちゃんと入浴をして、髪も毎日、きちんと洗うようにしていた。

美鈴と裕太が訪ねてきてくれるということが、日常にメリハリを与えていたのだ。

「朗報があるんだ」

部屋に入るとすぐに、嬉しそうな口調で裕太が言った。「すごい霊能者を見つけたんだ。若い女の人だけど、本当に霊能力が高くて、この人なら桜子ちゃんに取り憑《つ》いている悪霊を追い払えるんじゃないかと思ってるんだ」

その言葉に桜子は顔を輝かせた。これほど嬉しい気持ちになるのは、『恐怖新聞』が届くようになってから初めてだった。


裕太が苦労の末に見つけ出した霊能者は、橘《たちばな》志乃《しの》という名の女性だった。年は二十二歳と若かったが、やはり有能な霊能者だった母の下《もと》で幼い頃から過酷な修行を続け、今ではその母より遥かに高い霊能力を身につけているということだった。

「橘志乃さんは富山《とやま》との県境に近い長野《ながの》の山奥にこもって、今も毎日、修験道の修行を続けているんだ。きのうの晩、菫子を見舞ったあとで長野に向かって、きょう橘さんに会ってきたんだ」

テーブルに身を乗り出すようにした裕太が、興奮した口調で言った。そのテーブルでは、桜子が淹《い》れたばかりの紅茶が湯気を立ち上らせていた。

「二日も使って長野県まで？　遠くて大変だったわね。疲れたでしょう？」

「いや、ちっとも大変じゃなかったよ」

「ありがとう、裕太さん。何て言ってお礼を言ったらいいかわからないわ」

涙ぐみながら桜子は言った。そこまで自分を思ってくれる裕太の気持ちが嬉しかった。

「お礼なんていらないよ。菫子と結婚したら、桜子ちゃんは僕の妹になるんだからね。これぐらいするのは当たり前だよ」

「それで、裕太さん、その霊能者は、わたしの除霊をすると言ってくれているの？」

テーブルの上にあったティッシュペーパーで涙を拭って桜子は訊いた。

「美鈴さんのおじいさんが除霊に失敗したという話をしたら、橘さんも少し考えていた。でも、最後には引き受けてくれたよ。わざわざ行った甲斐《かい》があったというものだよ」

とても嬉しそうに裕太が言った。

「その人なら、除霊ができるのかしら？」

「実は、橘さんのお母さんにもお会いしたんだけど、お母さんは娘のことを、日本にいる最高の霊能者のひとりだって言ってたよ。だから、断言はできないけど、橘さんなら、できるような気がするんだ」

「橘さんって、どんな女の人なの?」

「それがびっくりほど綺麗な人なんだよ。桜子ちゃんとはちょっとタイプが違うけど、桜子ちゃんに負けないほどの美人だったよ」

裕太が言い、桜子は少し驚いて彼を見つめた。

覚えている限り、裕太にはっきりと容姿を褒められたのは初めてだった。

橘志乃は修験者で、美鈴の祖父と同じように修験者流の方法で除霊を試みるということだった。

志乃とその母親は、電気もガスも水道も電話もない山奥にこもり、今も仙人のような生活をしているということだった。裕太は出来るだけ早く桜子を連れてそこに行き、志乃による除霊の儀式を受けさせようとしていた。

けれど、強い悪霊と対峙《たいじ》するには、霊的な能力を高める必要があるということで、今すぐに除霊の儀式を行うわけにはいかないようだった。霊的な能力を極限まで高めるために、志乃は何日ものあいだ動物性の食事を断ち、異性との接触を完全に断ち、滝に毎日打たれて身を清めるだけでなく、最後の数日は断食をするということだった。

「橘さんからは、最低でも一週間の準備期間が欲しいって言われてるんだ」

「一週間も」

「そうなんだ。一日遅くなれば、桜子ちゃんの命が百日縮むっていうことは橘さんにきちんと伝えてあるから、彼女もできるだけ急いでくれると思うよ。だけど、あんまり急がせすぎて、橘さんが悪霊に負けたりしたら元も子もなくなってしまうからね」

桜子の目を真っすぐに見つめて裕太が言った。

「そうね。わたし、待ちます。裕太さん、お願いします」

期待と不安に心臓をドキドキさせて桜子は言った。


ひとしきり除霊についての話をしたあとで、裕太が「話は変わるんだけど」と前置きをしてから、難しい顔をして菫子の怪我のことを話し始めた。彼は前日の午後、姉の病室を訪れる前に、医師から姉の顔の状態を詳しく聞かされたようだった。

「菫子の顔は、僕が考えていたよりずっとひどいことになっているようなんだ」

「そんな……」

桜子は目を見開いて裕太を見つめた。

「時間をかけて何度か外科手術をすれば、少しは見られるようになるらしい。だけど、あの……今の医療技術では完全に元通りにすることはできないみたいなんだ」

沈痛な顔をした裕太が辛そうに言葉を続けた。

しばらくの沈黙があった。息苦しさを感じるほどの沈黙だった。

その重苦しい沈黙を破ったのは裕太だった。

「でも、桜子ちゃん、大丈夫だよ。菫子に対する僕の気持ちは、今も少しも変わっていないんだから」

強張《こわば》った顔に笑みを浮かべて裕太が言った。「菫子は僕が絶対に幸せにする。だから、桜子ちゃん、心配はいらないよ」

「裕太さん、あの……お姉ちゃんの顔が、あの……何ていうか……あの……ものすごく醜くなっていても、あの……それでもいいの？」

ためらいがちに桜子は尋ねた。

「そんなことは関係ないよ。僕は菫子が美人だから付き合っているわけじゃない。僕は菫子の気持ちが好きなんだ」

その言葉を耳にした瞬間、桜子はまたしても涙ぐんだ。

「ありがとうございます。裕太さん、姉をよろしくお願いいたします」

桜子はテーブルに額を擦《こす》りつけるようにして頭を下げた。

「やめてくれよ、桜子ちゃん。礼を言われるようなことじゃないよ」

頭を下げている桜子の耳に、照れたような裕太の声が届いた。今夜ここに来る前にも彼は姉を見舞ったようだった。

8.

菫子の顔を覆っている包帯は、一日に一度、看護師がふたりがかりで外した。そして、医師が消毒をし、薬を塗ったあとで、また看護師がふたりがかりで包帯を巻いた。

入院してからしばらくのあいだ、顔の傷はひどく痛んで鎮痛剤が欠かせなかった。その痛みは日を追うごとに薄れていって、やがては鎮痛剤はいらなくなったが、少し前までは消毒をされたり、薬を塗られたりすると、傷口らしきところが痛みを発した。けれど、今ではそういう時にも痛みを覚えることはほとんどなくなっていた。

そう。顔の傷はほぼ治ったのだ。

包帯が外されるたびに、菫子は顔を見たいと医師に訴えた。けれど、医師は「完治するまで我慢してください」と言って、それを許してくれなかった。

だが、一度、眼鏡をかけた医師が治療をしてくれたことがあって、その時に、菫子の顔がレンズに映りかけた。

顔を見たいと訴え続けていたにもかかわらず、その瞬間、菫子は反射的に目を閉じてしまった。見るのが怖かったのだ。真実を知るのが恐ろしかったのだ。

もちろん、今も怖かった。それでも、確かめてみないわけにはいかなかった。


どういうわけか、菫子がいる個室には鏡がひとつもなかった。菫子のスマートフォンは事故の時に壊れてしまったと聞いていたから、自分の顔をスマートフォンで撮影することもできなかった。

けれど、その部屋には窓があった。

その晩、いつもよりかなり遅い時刻に見舞いに来た裕太が帰ってから、菫子はひどく手を震わせながら、自分の頭部に何重にも巻かれている包帯をベッドの上で外し始めた。

心臓が息苦しいほどに激しく鼓動していた。その音が聞こえるほどだった。

包帯を外しながら、菫子は何度もその手を止めた。怖気《おじけ》づいていたのだ。

外すのよ、菫子。あなたは知らなきゃならないの。知るべきなの。だから、外すのよ。外すの。外しなさい。

怖《お》じける菫子を、気丈な菫子が叱咤《しった》した。

手探りで包帯を外すのに十分近くの時間を要した。包帯を完全に外し終えると、菫子はベッドを降りて窓辺へと向かった。

剝《む》き出しになっている顔がスースーとして気持ちが良かったけれど、心臓はさらに激しく鼓動していた。立っているのが難しいほどに脚が震えていた。

窓辺に立つと、菫子はひどく汗ばんだ手を恐る恐るカーテンに伸ばし、木綿で作られているらしいそれに触れた。

見たくない……怖い……見たくない……見たくない……。

白いカーテンを右手で摑《つか》んだまま菫子は思った。口の中がカラカラになっていた。

菫子は目を閉じ、カーテンをそっと開いた。

見るのよ、菫子。目を開けなさい。目を開けて、ちゃんと確かめるのよ。

気丈な菫子が、怯《おび》えている菫子に強い口調で命じた。

菫子は閉じていた目をゆっくりと開いた。

その瞬間、全身を凄まじいまでの戦慄が走り抜けた。息が止まり、頭の中が真っ白になった。窓ガラスに映っていたのは、目を逸《そ》らしたくなるほどに醜い顔だったのだ。

醜い？　いや、そんな言葉では足りない。菫子にはまるでバケモノのように見えていた。

「嘘よ……嘘……嘘……嘘……嘘……」

呻《うめ》くように言いながら、菫子はふらふらと何歩か後ずさりをした。パジャマ姿で後ずさりをしているバケモノが、目の前の窓ガラスに映っていた。

次の瞬間、菫子の口から罠《わな》にかかった獣のような声が漏れた。

「いやーっ！　いやーっ！　いやあああああああああーっ！」

叫んでいるうちに、視野がどんどん狭くなっていき、やがて、目の前が真っ暗になった。そして、菫子は意識をなくして、その場にばたんと倒れ込んだ。

9.

裕太は『恐怖新聞』が届くまで、この部屋に残ると言った。けれど、桜子はそれを断って彼に帰ってもらった。もし、彼がこの部屋にいたら、あの悪霊がどんなことをするかわからなかったから。

今夜もまた午前零時をまわった時刻に、ハイヒールの音が聞こえ始めた。そして、「しんぶーん」

という女の声が響き、部屋の中を『恐怖新聞』が舞った。

ああっ、これでまた、わたしの命は百日縮んだんだ。

頭の片隅でそんなことを思いながら、桜子は床に散乱した新聞に虚ろな視線を向けた。

その瞬間、凄まじい驚きが桜子の肉体を電気のように走り抜けた。そこに大きな活字で、『早川《はやかわ》菫子、妹の桜子を殺すと決意』と書かれていたのだ。

「嘘よ……デタラメよ……そんなこと……あり得ないわ」

声を震わせて言いながら、桜子は足元の新聞を拾い上げた。

その記事には菫子が妹を殺すことに決めたと記されていた。けれど、大きな見出しにもかかわらず、書いてあったのはそれだけで、詳しいことは何も書かれていなかった。

「嘘よ……そんなの嘘よ……デタラメよ……こんなの、デタラメに決まってる……」

『デタラメじゃないさ』

部屋の中におぞましいあの声が響いた。

桜子はとっさに顔を上げ、目の前の壁を見つめた。その壁に憑依霊のおぼろげな姿が浮き上がっていた。

『そこに書いてあるのは、すべてが真実だ。前にも言っただろう？　菫子はお前なんか生まれてこなければよかったと思っている。だから、殺すことに決めたんだ』

憑依霊が楽しげな口調で言った。

あの姉が……幼い頃からいつもそばにいてくれた、あの姉が……困った時にはいつも助けてくれた、頼り甲斐のあるあの姉が……実の妹である自分を殺そうとしているなんて考えたくなかった。そんなことはあり得ないことのはずだった。

けれど、『恐怖新聞』の予言が外れることはないのだ。『恐怖新聞』は間違わないのだ。だとしたら……そうなのかもしれなかった。菫子は桜子を殺すことに決めたのかもしれなかった。

「あの……もし、そうだとしても……もし、それがデタラメじゃないとしても……お姉ちゃんは、あの……わたしをいつ殺しに来るの？」

恐怖と絶望と諦めとに支配されながらも、桜子は声を震わせて悪霊に訊いた。もし、本当に姉が自分を殺しに来るのだとしたら、身構えておく必要があると思ったのだ。

少し前まで、桜子には夢も希望もなかった。だから、死んでもいいと思っていた。けれど、今はそうではなかった。今の桜子には、除霊という希望ができていた。

『それはわたしにもまだわからない。だが、お前を殺すと決めたことは確かだ』

憑依霊が言った。相変わらず、とても楽しげだった。『菫子がお前を殺しにくるのは、あしたかもしれないし、あさってかもしれない。三日後かもしれないし、一週間後かもしれない。いずれにしても、姉さんに殺されないよう、せいぜい用心することだな』

桜子は何も言わなかった。濃くなったり、薄くなったりしている憑依霊の姿を、じっと見つめていただけだった。

壁に浮き出た女の顔は、かなり美しく見える瞬間もあった。けれど、バケモノのように見える瞬間もあった。

『そうだ。桜子、お前、また除霊をしようと考えているだろう？　懲《こ》りないやつだ。もし、除霊をしようとしたら、今度はもっとひどい目に遭わせてやる』

憑依霊が笑った。その不気味な笑い声が、静まり返った部屋の中に響き渡った。

10.

午前零時をまわった時刻に、菫子は看護師が巻き直したばかりの顔の包帯を外した。そして、実に久しぶりにパジャマから私服に着替え、スリッパから靴へと履き替えた。

寝てばかりいたために足が浮腫《むく》んでいるようで、履き慣れているはずの靴がかなりきつく感じられた。

着替えを済ませると、菫子は色の濃いサングラスをかけ、大きなマスクをし、つばの大きな黒いキャップを目深にかぶった。病院を抜け出し、妹が暮らしているマンションへと向かうつもりだった。

数時間前、窓ガラスに映った自分を目にした菫子は、ショックのあまり意識を失った。気を失っていたのはほんの数分だったようで、意識が戻った時にはベッドの上に仰向《あおむ》けに寝かされていた。菫子が失神した直後に、悲鳴や倒れた音を聞きつけた看護師たちが駆け込んできたようだった。

宿直の医師と看護師が、剝き出しになっていた菫子の顔に再び包帯を巻きつけた。医師は菫子に精神安定剤を注射し、目を離さないよう看護師たちに言いつけて出て行った。

その処置が施されているあいだ、菫子は虚ろな目でぼんやりと壁を見つめていた。

ダメだ……もうダメだ……ダメだ……ダメだ……。

心の中にはその言葉がぐるぐるとまわっていた。これほどの絶望を覚えたのは、後にも先にも初めてだった。

窓ガラスに映っていた菫子の顔は、それほどまでにひどく見えた。それはまさにバケモノのようで、たとえどれほど外科手術を繰り返そうと、元通りになるどころか、見られるものになるとさえ、菫子には思えなかった。

裕太は結婚を申し込んでくれた。気持ちは変わらないとも言ってくれた。けれど、あの顔を目にしたら、彼の気持ちも変わるに違いなかった。

「早川さん、大丈夫ですか？」

看護師のひとりが心配そうに尋ねた。菫子と同じくらいの年齢の、若い看護師だった。

濃い化粧が施された看護師の顔をぼんやりと見つめ、菫子は『いいな』と思った。

化粧はかなり濃かったけれど、その看護師は美人という言葉とは程遠い容姿の持ち主だった。目が細く、鼻が上を向いていて、のっぺりとした顔をしていた。

菫子は以前からその看護師のことを、『ブスだなあ』と思って同情していた。けれど、今の菫子に比べれば、その看護師でさえ絶世の美女と言ってもいいはずだった。

「はい。大丈夫です。もう落ち着きました。お手数をおかけしました」

力ない声で菫子は言った。

菫子の言葉に頷くと、看護師たちは部屋を出て行った。その直後に、菫子は巻かれたばかりの包帯を外し始めた。

右目を失明してから、歩きまわるのは初めてだった。片目で動きまわることに慣れていないために、思っていたよりずっと歩きにくかった。それでも、非常階段まで無事にたどり着き、急なその階段を静かに降りて、誰にも呼び止められることなしに病院を出ることができた。

真夜中だというのに、外の空気は生ぬるかった。病院の敷地から出ると、菫子は走ってきたタクシーを止め、妹の住所を運転手に告げた。

運転手は三十歳くらいのハンサムな顔立ちの男だった。ミラーに映った菫子の顔を見た運転手が、一瞬、ギョッとしたような顔をした。少なくとも、菫子はそう感じた。

走り出したタクシーの後部座席に座り直すと、菫子はキャップをさらに目深にかぶった。それから、すぐ脇の窓ガラスに恐る恐る視線を移動させた。

サングラスとマスクで顔のほとんどが隠されていた。それにもかかわらず、そこに映っている自分の顔は、やはりバケモノのように感じられた。

桜子のせいだ。桜子が『恐怖新聞』だなんて馬鹿馬鹿しいことさえ言わなければ、こんなことにはならなかったんだ。わたしがこんなことになったというのに、桜子だけを幸せにするわけにはいかない。わたしが行く地獄に、あの女も道連れにしてやるんだっ！

窓ガラスに映っているサングラスとマスクの女の顔を左目だけで見つめて、菫子は意識的に怒りを燃え上がらせようとしていた。

誰かのせいにしなければ、この現実と対峙できなかった。だから、今、菫子はすべての怒りを、あえて実の妹に向けようとしていた。

桜子のせいだ。桜子のせいだ。何もかも、桜子のせいなんだっ！

フイゴを使って風を送り、炎を強く立ち上らせるかのように、菫子は自分の中の怒りを掻《か》き立てようとした。

11.

桜子のマンションの前で菫子はタクシーを降りた。支払いをする時にも、菫子は顔をあげなかった。ハンサムな運転手に顔を見られたくなかったのだ。

桜子が借りているマンションには住み込みの管理人が常駐していた。それがこのマンションを選んだ理由のひとつだと聞いていた。けれど、管理人室の窓にはすでにカーテンが引かれて、カウンターに『受付終了』という札が掲げられていた。菫子は妹から預かっているカードキーを使ってオートロックの自動ドアを開けた。

深夜だということもあって、エントランスホールに人の姿はなかった。エレベーターで十一階に上がった菫子は、人気《ひとけ》のない廊下を妹の部屋に向かって歩いた。

廊下を歩いていると、突如としてある考えが頭に浮かんだ。

裕太は毎日のように、ここに来ているのではないだろうか？

それは突拍子もない考えに感じられた。けれど、一歩足を進めるたびに、その考えはどんどんと強くなり、やがては確信へと変わった。

なぜ、自分が急にそう思ったのかは、菫子自身にもわからなかった。けれど、裕太が毎日のようにこのマンションを訪れているという考えは、間違いのないことのように感じられた。

裕太は何をしに来ているの？　桜子に会うため？　そうだ。裕太は桜子に会いに来ているんだ。桜子が裕太を誘惑したんだ。桜子は死んだ孝二郎くんの代わりに、裕太を恋人にしようとしているんだ。姉の恋人を横取りしようとしているんだ。

その証拠はどこにもなかった。けれど、菫子はそう確信していた。今では抱き合っているふたりの姿が見えるような気さえしていた。

思い返してみれば、最近の桜子はやけに裕太に馴《な》れ馴れしかった。桜子に対する裕太の態度も、不自然なほどに優しかった。

もしかしたら、菫子が怪我をする前からふたりは関係していたのかもしれなかった。いや、そうに違いない。

自分に隠れて、ふたりが関係している。

そう考えると、すべての辻褄《つじつま》が合うような気がした。

もはや怒りを掻き立てる必要はなかった。乾いた強風に煽《あお》られた木造家屋の火が、たちまちにして建物全体を覆い尽くすように、菫子の中の怒りは自分ではコントロールできないほどに燃え上がっていた。

妹の部屋のドアの前に立つと、菫子はカードキーを差し込んだ。そして、ドアノブをゆっくりとまわし、金属製のドアを静かに引き開けた。

部屋の中は真っ暗だった。どうやら、桜子は眠っているようだった。

後ろ手にそっとドアを閉めた菫子はサングラスを外し、見えているほうの左目が暗がりに慣れるのを待った。玄関にはポプリの香りが漂っていた。妹が愛用している香水の甘い香りもした。

やがて少しずつ、いろいろなものが見えるようになった。菫子は息を殺して、ゆっくりと周りを見まわした。

その瞬間、あっ、という声が出かかった。

失明を免れた左目に、裕太が愛用している万年筆が飛び込んできたからだ。

その万年筆は下駄箱《げたばこ》の上に置かれていた。菫子はそれを手に取り、左目に近づけてまじまじと見つめた。

見間違いではなかった。それは裕太が大学の入学祝いに、父親から贈られたという黒くて太いドイツ製の万年筆だった。裕太はいつもそれをシャツのポケットに差していて、何を書くにもそれを使っていた。今夜、夕食後の菫子の病室を訪れ、菫子に結婚しようと言った時にも、裕太の胸にそれがあったことを、菫子ははっきりと覚えていた。

今夜わたしを見舞ったあとで、裕太はここに来たんだ。今夜だけじゃなく、毎日のようにこの部屋を訪れているんだ。ふたりでわたしを馬鹿にしやがって。畜生っ！　畜生っ！

手に取った裕太の万年筆を握り締めたまま、菫子は靴を脱がずに室内に足を踏み入れた。

事故に遭った晩に訪れた時には、その室内はひどく散らかっていて、フローリングの床は埃《ほこり》だらけだった。けれど、今はすべてがきちんと片付けられていた。

桜子はベッドにいた。そこに仰向けになり、規則正しい寝息を立てていた。

足音を忍ばせて、菫子は妹が寝ているベッドにゆっくりと近づいた。

そのことによって、妹の顔がさらによく見えるようになった。こんな暗がりの中でも、桜子がいかにも男好きしそうな顔をしていることがはっきりと見て取れた。

そう。桜子はコケティッシュなのだ。男好きがするのだ。

それが忌々しかった。

眠っている桜子の顔の横に立つと、菫子は手にした万年筆のキャップを外し、それを頭上に振り上げた。十八金でできたそのペン先を、桜子の閉じた右瞼《みぎまぶた》に深々と突き刺してやるつもりだった。

死ね、桜子っ！

心の中で叫びながら、振り上げた万年筆を振り下ろそうとしたまさにその時、どこからか、『おいっ、菫子っ！』と自分の名を呼ぶ女の声が聞こえた。

菫子はとっさに振り向いた。

そこに女がいた。

いや、違う。そこにいたのは、人間ではなく、人間とはまったく別の『何か』だった。

その『何か』の体はひどくおぼろげで、ぼんやりとしか見えなかった。だが、とてつもなく恐ろしく、とてつもなく忌まわしく、とてつもなくおぞましい『何か』が、そこにいることは間違いなかった。

「いやーっ！」

手にしていた万年筆を床に落とし、菫子は凄まじい悲鳴をあげた。

12.

凄まじい悲鳴が耳に飛び込み、桜子は目を覚ました。

そして、桜子は見た。暗がりの中に、半狂乱の状態で逃げ惑う姉の姿と、その姉に迫ろうとしているおぼろげな悪霊の姿とを。

『お前に桜子は殺させないっ！　死ぬのはお前だっ！』

不気味な声でそう言うと、悪霊がさらに姉に迫った。逃げ場を失った姉は、カーテンを広げ、窓を開けてバルコニーへと飛び出した。その背中を悪霊が追っていった。

桜子はとっさに身を起こしてベッドを飛び出した。そして、なぜ、姉がここにいるのかわからないまま、脚をひどく縺《もつ》れさせながら窓辺に駆け寄った。

目の前のカーテンをいっぱいに広げる。すると、バルコニーに、マスクをした姉と、忌まわしい悪霊の姿が見えた。

「お姉ちゃんっ！」

桜子の声を耳にした姉がこちらに顔を向けた。

姉が？

いや、姉には見えなかった。大きなマスクをしたその女は、目を逸らしたくなるほど醜い傷を顔に持った女だった。

だが、そうなのだ。そこにいるのは姉なのだ。気丈で、姉御肌で、ハキハキとしていて、幼い頃から桜子の世話を焼いてくれた姉の菫子なのだ。

「やめてーっ！」

再び叫ぶと、桜子はバルコニーに飛び出そうとした。

だが、その前に姉の体がふわりと宙に浮き上がった。

姉は意味をなさない叫びをあげながら、手足を激しくばたつかせた。

『死ねっ！』

悪霊の声が響いた。そして、宙に浮き上がっていた姉の体は、ものすごい力で放り出されたかのようにバルコニーの手すりを越えた。

もはや、誰にも、どうすることもできなかった。

次の瞬間、姉は凄まじい悲鳴をあげながら地上へと向かって落下していった。その悲鳴がたちまちにして遠ざかっていった。その直後に、硬い地面に肉体が叩《たた》きつけられる鈍い音が桜子の耳に届いた。

「いやーっ！　いやーっ！」

桜子もまた、凄まじいまでの悲鳴をあげながらバルコニーへと飛び出した。そして、アルミニウムの手すりに摑まり、そこから身を乗り出すようにして夢中で下を覗き込んだ。

数十メートル下の歩道に、姉が横たわっていた。姉は左の脚をあり得ない形に折り曲げ、歩道にうつ伏せに横たわっていた。その体の周りに色の濃い液体のようなものがじわじわと広がっていくのが見えた。

「いやーっ！　いやーっ！　いやあああああああーっ！」

ひときわ凄まじい悲鳴をあげると、桜子は両手で頭を抱え、蹲《うずくま》るかのようにバルコニーに頽《くずお》れた。

第六章

1.

十一階のバルコニーから転落した姉は即死だった。桜子《さくらこ》の通報を受けて駆けつけた救急救命隊員たちにも、できることは何もなかった。

救急車とほぼ同時に、数台のパトカーがサイレンを響かせてやってきた。簡単な現場検証に立ち会ったあとで、桜子はそのパトカーに乗せられて警察に向かい、警察署の一室で泣きじゃくりながら事情聴取を受けた。

現場の状況やマンションの防犯カメラの映像、それに姉が入院していた病院の医師や看護師たちの証言などから、警察は姉の死因を自殺だと考えているようだった。

看護師たちの目を盗んで病院を抜け出した姉が、スペアキーを使って桜子の部屋に忍び込んだ。そして、自らの意志でバルコニーの手すりを越えてそこから飛び降りた、というのが彼らの推理だった。醜くなった自分の顔を見てしまった姉が、ひどく取り乱し、失神してしまったという証言を、警察官はすでに病院関係者から得ていた。

「自殺する前に妹さんの顔を一目見たいと、お姉さんは考えたんじゃないかな?」

優しそうな顔をした中年の警察官が桜子に言った。

桜子は自分が疑われるのかもしれないと考えていた。けれど、桜子が姉をバルコニーから突き落としたと思っている警察官はいないようだった。

桜子はかなり迷った末に、『恐怖新聞《きょうふしんぶん》』や憑依霊《ひょういれい》の話を警察官たちにした。姉は自分に取り憑《つ》いている悪霊《あくりょう》に殺されたのだ、と。

だが、誰もが不思議そうな顔をするばかりで、その言葉を信じてくれる者はいなかった。

「お嬢さんは混乱しているんだよ。お姉さんをなくしたんだから無理もないよ」

中年の警察官はそう言って、同情したような視線を桜子に向けた。


事情聴取の合間に、桜子は新潟《にいがた》の実家に電話を入れた。そんな電話をかけたくなかったけれど、かけないわけにはいかなかった。

その電話には眠たそうな声の父が出た。桜子から長女の死を知らされた父はひどく驚いた様子で、会話がうまくできないほどに声を震わせていた。

『どうして死んだんだ? どうして自殺なんてしたんだ?』

父が言ったが、桜子には何も言うことができなかった。

父はうろたえ、取り乱しながらも、朝いちばんの新幹線でこちらに向かうと言った。

父への電話のすぐあとに、桜子は富井裕太《とみいゆうた》にも連絡を入れた。裕太は父に負けないほどに驚き、父に負けないほどにうろたえ、取り乱した。

『ああっ、僕のせいだっ！　僕のせいだっ！　僕が菫子《すみれこ》を殺してしまったんだっ！』

電話の向こうで裕太が叫ぶかのように言った。

桜子は慰めの言葉をかけたいと思った。だが、その言葉を見つけることが、どうしてもできなかった。

東の空がうっすらと明るくなり始めた頃に、桜子はパトカーに乗せられて自宅へと戻ってきた。

「こんなことを言っても無理だと思うけど、あの……元気を出すんだよ」

桜子がパトカーを降りる時に、事情聴取を担当した中年の警察官が優しい口調で言った。

その警察官の顔をぼんやりと見つめて、桜子は涙ながらに頷《うなず》いた。


重い足を引きずるようにして、桜子は自分の部屋に戻った。自室に入ると、その壁に憑依霊のおぼろげな姿が浮き上がっていた。

こんな時刻にその悪霊が姿を見せたのは初めてだった。

「なぜ、お姉ちゃんを殺したの？」

壁の憑依霊に桜子は強い口調で訊《き》いた。込み上げる怒りに体が熱くなった。

『菫子がお前を殺しに来た。だから、助けてやったんだ。お前からは感謝をされても、非難をされる筋合いはないはずだ』

壁に浮き上がった憑依霊が、恩着せがましい口調で言い返した。

「お姉ちゃんは、あの……本当にわたしを殺そうとしたの？」

呻《うめ》くように桜子は言った。その時の姉の姿を想像すると、おぞましさに体が震えた。

『そうだ。足元を見てみろ』

憑依霊が言い、桜子は視線を床に向けた。

警察官たちの現場検証に立ち会った時には気づかなかったが、そこに万年筆が転がっていた。昨夜、裕太がここに来た時に忘れていったドイツ製の万年筆で、次に裕太が訪れた時に忘れずに返そうと、桜子はそれを下駄箱《げたばこ》の上に置いておいたのだ。

「この万年筆、どうしてここにあるの？　確かに下駄箱の上に置いたのよ」

『菫子が見つけて持ってきたんだ。菫子はその万年筆で、眠っているお前の目を突き刺そうとしたんだ』

「そんな……」

憑依霊の言葉は、桜子をゾッとさせた。

『桜子、お前の死ぬ順番はまだ来ない。短くなりつつあるとはいえ、お前の寿命はまだ残っている。だから、助けてやったんだ。感謝しろ』

恩着せがましい口調で憑依霊が言った。その直後に、壁に浮き出た女の姿はみるみる薄れていき、すぐに見えなくなった。

憑依霊が姿を消したあとも、桜子は壁の前に立ち尽くしていた。

姉が死んだことはショックだった。だが、それ以上に、あの姉が本当に自分を殺そうとしたということに、桜子は激しく打ちのめされていた。

2.

その朝、桜子は新潟からやってくる両親を迎えるために、タクシーで東京駅《とうきょうえき》へと向かった。泣き腫らした顔の裕太が一緒だった。

タクシーの中で桜子は裕太に、姉を殺したのは自分に取り憑いている悪霊なのだということを話した。悪霊に姉が突き落とされるところを、自分は確かに目撃したのだ、と。

けれど、姉が自分を殺しに来たのだということは言わずにいた。せめて裕太の思い出の中では、裕太が愛したままの姉でいさせたかった。

「それにしても、菫子はそんな真夜中に病院を抜け出して、何のために桜子ちゃんのところに行ったんだろう?」

裕太が不思議そうな顔で尋ねた。深夜に桜子からの電話を受けてから、裕太は一睡もしていないということだった。

「それはわからないわ」

桜子は力なく微笑《ほほえ》んだ。睡眠不足で目がヒリヒリと痛んだ。桜子もまた、あれから一睡もしていなかった。

きょうも天気がとてもよかった。東京の最高気温は二十五度に達するということで、道ゆく人々の多くが薄着だった。女たちの何人かは半袖のブラウスや、ノースリーブのワンピースという格好をしていた。タンクトップの裾から臍《へそ》を覗《のぞ》かせている女も見かけた。

プラットフォームで落ち合った両親は青ざめて、見ていられないほどに動揺していた。特に母の取り乱しかたは激しくて、言葉をかけるのがためらわれるほどだった。新幹線から降りてきた母は目が真っ赤で、瞼《まぶた》が腫れ上がり、別人のように見えるほどやつれ切っていた。父もまた憔悴《しょうすい》し切った様子で、桜子が何を話しかけても上の空だった。

両親と裕太の四人で桜子はタクシーに乗り、姉の遺体が安置されている警察署へと向かった。

そのタクシーの中でも、母はずっとハンカチで顔を覆っていた。母は桜子の問いかけには応じたが、裕太が何を話しかけてもまともな返事をしなかった。母は裕太のせいで姉が顔に大怪我《おおけが》をし、そのことを悲観して自殺したと思い込んでいた。

けれど、父のほうは妻ほどには裕太を責めていないように見えた。桜子の右側に座った父は、菫子の葬儀を東京でしようと思っていると桜子と裕太に言った。

「新潟ではなく、東京で葬儀をするんですか?」

背後の父を振り向いて裕太が訊いた。彼はタクシーの助手席に乗っていた。

「お母さんとも話し合ったんだが、東京で葬儀をしたら大学の友人や出版社の人たちも参列してくれるんじゃないかと思うんだ。あの……裕太くんはどう思う?」

「あの……お父さんとお母さんがそう考えているなら、僕には異存はありません」

裕太が言った。

そう。裕太は桜子の両親を『お父さん』『お母さん』と呼んでいた。けれど、今はもう両親にとっても桜子にとっても、裕太は赤の他人という関係だった。

裕太のことを、いつか自分の兄になる男なのだと考えていた桜子には、それがひどく寂しく感じられた。

3.

姉の葬儀は都内にある大きな葬儀場で行われた。その葬儀には裕太も参列したし、美鈴《みすず》も参列してくれた。姉の大学時代の友人や、勤務先の人たちもたくさん参列した。

頭から転落した菫子の顔は、歩道に叩《たた》きつけられて無残なことになっていたという。両親も裕太も桜子も見ていなかったが、警察の検視官からそう聞いていた。そんなこともあって、棺《ひつぎ》に納められた菫子の遺体は参列者の目にじかに触れないようにされていた。

好天の日が続いていたというのに、通夜の日の夕方から雨が降り出した。その雨はやむどころか、翌日には一段と激しさを増し、納棺の頃には土砂降りとなった。

葬儀の二日間、母はハンカチで涙を拭い続けていた。姉の棺がいよいよ火葬される時には、身をよじって号泣していた。

そんな母の姿を見て、桜子はふと、自分が死んだ時にも母はこんなふうに嘆き悲しんでくれるのだろうかなどと考えた。このまま『恐怖新聞』が届き続けたら、桜子の葬儀が行われる日も、そう遠くはないはずだった。

姉が死んだことは、桜子にも悲しくないわけではなかった。けれど、あの晩、姉が自分を殺しにきたのだと思うと、両親や裕太のように素直に悲しむことはできなかった。

葬儀が終わると、両親は都内のホテルへと戻った。ふたりは姉の遺骨を持って、あしたの午後の新幹線で新潟に戻ることになっていた。

桜子は両親と葬儀場で別れ、タクシーで自分のマンションへと戻った。そんな桜子に喪服姿の美鈴がついてきてくれた。

孝二郎《こうじろう》の葬儀、美鈴の祖父の葬儀、そして、菫子の葬儀……美鈴にとっては、葬儀の連続だった。そして、それらの葬儀はすべて、桜子のせいで死んだ人たちのものだった。

そう考えると、桜子は息苦しくなるほどの罪悪感を覚えた。

時刻は午後四時をまわったばかりだったが、空を覆った分厚い雲のせいで、あたりは夕暮れ時のように薄暗かった。早くもライトを点灯している車も少なくなかった。

雨はさらに強くなっていた。叩きつけるように降る雨が、タクシーのルーフを太鼓のように打ち鳴らしていた。

後部座席に並んで座って、桜子は美鈴の耳元に口を寄せ、裕太が有能な霊能者を見つけてくれたことを話した。そして、もう一度、除霊の儀式を受けてみようと思っているのだと打ち明けた。

美鈴はそれまで沈痛な顔をしていた。だが、除霊の話を耳にした瞬間、ボーイッシュなその顔に嬉しそうな表情が浮かび上がった。

「その霊能者、どんな人なの？」

少し口早に美鈴が訊いた。大学で講義を受ける時にはいつもそうしていたように、美鈴は今も桜子の左側に座っていた。

「それが、あの……女の人なの。あの……橘志乃《たちばなしの》さんっていうのよ」

桜子は小声で言った。除霊の話をしていることを、運転手に知られたくなかったのだ。こんな話は普通の人間には、とても非科学的なことに聞こえるはずだった。

「女？　若いの？　それとも年寄りなの？」

美鈴がまた口早に尋ねた。美鈴は声を潜めはしなかった。

「二十二歳だって、裕太さんが言ってた。橘さんのお母さんも霊能者みたいなんだけど、橘さんはそのお母さんよりずっと有能らしいのよ」

美鈴の右耳に顔を近づけ、さらに小声で桜子は言った。

「そうなんだ？　それだったら、期待できるかもね」

嬉しそうにそう言うと、美鈴が膝の上に置かれていた桜子の左手を強く握り締めた。

桜子は今も、孝二郎からもらったルビーの指輪を左の薬指に嵌《は》め続けていた。


自宅に戻った桜子は、美鈴のために紅茶を淹《い》れた。

かつての美鈴はコーヒー党だったらしい。けれど、紅茶が好きな桜子と付き合うようになってからは、カフェでは美鈴も紅茶を注文するようになっていた。

テーブルに向き合って腰掛けると、ふたりは湯気の立ち上る紅茶をゆっくりと味わった。

「美鈴、わざわざ送ってくれてありがとう」

美鈴の目を見つめて桜子は礼を言った。今の桜子にとって、美鈴は心を許すことができるたったひとりの友人だった。

「お礼なんていいよ。わたしがしたくてしていることなんだから」

美鈴が優しく微笑んだ。「それに、ここまで来たのは、どうしても桜子に伝えたい大切な話があったからなんだ」

「大切な話って？」

「うん。桜子に取り憑いてる悪霊のことだよ。その女の正体がわかったんだ」

テーブルに身を乗り出すようにして美鈴が言った。

その言葉は桜子をひどく驚かせた。

「美鈴、あの……いったいどうやって、それを調べたの？」

「ネットだよ」

少し得意げな顔で美鈴が言った。最近の彼女は大学に行かず、自室でパソコンに向き合い続けているようだった。

4.

強い雨が降り続いていた。風も吹き始めたようだった。

窓ガラスに叩きつけられる雨音が絶え間なく耳に届くそんな部屋で、美鈴が桜子に取り憑いている女についての話をした。

その女を探すにあたって、美鈴は桜子の近辺で不審な死に方をしている女がいないかどうかから調べ始めたということだった。その女と桜子との接点が、どこかに必ずあるはずだと考えたのだ。

祖父の吉藏《きちぞう》が桜子の除霊をした時に現れた悪霊の姿を美鈴は目にしていた。女の顔がはっきりと見えたわけではなかったが、女を探すのにその時の記憶も役に立った。インターネットでの検索中に、よく似た女の写真が見つかったのだ。

「その女、生きていた頃には、はなのかおりっていう名前だったんだ」

桜子の目を見つめてそう言うと、美鈴がテーブルの表面に指先で、『花』『野』『香』『織』という四つの文字を書いた。

その瞬間、桜子は思わず、ぶるるっと身を震わせた。あの悪霊にも生の時間があり、名前があったなどと、今の今まで、考えてみたこともなかったのだ。

けれど、そうなのだ。あの悪霊もかつては、美鈴や桜子たちと同じように生きていたのだ。美鈴や桜子たちと同じように、親がつけてくれた名を名乗っていたのだ。

「花野《はなの》……香織《かおり》……」

呟《つぶや》くように桜子は言った。その声もまた微《かす》かに震えていた。

美鈴が何度か深く頷いた。そして、これまでに自分が調べたことを、ゆっくりとした口調で語り始めた。


花野香織は若く、美しく、スタイルもいい女だった。彼女は都内の大学を卒業後に、大手食品会社の本社ビルのエントランスロビーで受付嬢をしていた。

「これがその頃の花野香織の写真だよ。ネットでやっと見つけ出して、印刷してきたんだ」

美鈴がカバンを開き、そこから取り出した一枚の写真をテーブルの上に置いた。「勤務先の受付カウンターの脇で撮影されたものみたいだね」

桜子もまた身を乗り出すようにして、テーブルに置かれた女の写真を見つめた。

受付カウンターのすぐ脇、磨き上げられた大理石の床に立った女は、制服だと思われる濃紺のスーツを身につけていた。ほっそりとした体に張り付くようなデザインのスーツで、スカートの丈はかなり短かった。足元は白く輝く踵《かかと》の高いパンプスで、襟元には洒落《しやれ》た黄色のスカーフが巻かれていた。

女はわずかに首を傾《かし》げ、艶《つや》やかな唇のあいだから不自然なほどに白い歯を覗かせて、にっこりと微笑んでいた。

「すごく綺麗《きれい》な人だったんだね……スタイルだって、すごくいいし……わたし、あの……ちょっと驚いた」

テーブルの上の写真をまじまじと見つめて桜子は言った。

「そうだね。わたしも驚いたよ」

写真から顔を上げた美鈴が、桜子を見つめて同意の言葉を口にした。

そう。花野香織は少し吊《つ》り上がった大きな目と、とても形のいい鼻と、ふっくらとした柔らかそうな唇と、シャープに尖《とが》った顎の持ち主だった。顔立ちは少しきつい感じだったけれど、芸能人になってもいいのではないかと思うほどに美しかった。年は桜子たちより少し上、二十五歳前後に見えた。整った女の顔には入念な化粧が施されていた。

女は桜子と同じように、長く美しい髪を栗色《くりいろ》に染め、その先端部分に柔らかなウェイブをかけていた。膝上二十センチほどのスカートから突き出した二本の脚はほっそりとしていて、贅肉《ぜいにく》がなく、健康的に引き締まっていた。体は細いのに、胸はかなり豊かだった。写真でははっきりとした身長はわからなかったが、背は低くはなさそうだった。女は長く伸ばした爪に、手の込んだジェルネイルを施しているように見えた。

「ネットにはいろいろなことが書いてあるから、そのすべてを鵜呑《うの》みにするわけにはいかないんだけど、花野香織っていうこの女は、美しくなることに、ものすごい執着があったらしいんだ」

椅子に座り直した美鈴が、腕組みをして言葉を続けた。「エステティックサロンやネイルサロンにも定期的に通っていたし、フィットネスクラブにも毎日のように通っていたらしい。綺麗になろうとして必死だったんだろうね」

突き放すようにも聞こえる口調で美鈴が言った。美しくなることにそれほどまでに執着する女の考えが、美鈴にはよく理解できないようだった。

けれど、桜子はそうではなかった。

「この女の人の気持ち、わたしにはわかるような気がする」

テーブルの上の写真を見つめて桜子は言った。

「へーっ。わかるんだ?」

蔑《さげす》みの感じられる口調で美鈴が言った。

「わかるわよ。美鈴にはわからないの?」

「わたしには、よくわからない」

きっぱりと美鈴が言った。その直後に、少し意地悪な顔になって言葉を続けた。「この女、確かに綺麗だよ。わたしもそれは認める。だけど、実は、整形美人らしいんだ」

「整形美人?」

「ネットにはそういう話が、面白おかしく、いくつも書いてあった。どこまでが真実なのかは確かめようがないんだけど、この女が美容外科のクリニックで顔にメスを入れていたというのは本当のことみたいだね。そうだ。ほらっ、これが高校生だった頃の花野香織の写真だよ」

再び美鈴がカバンから別の写真を取り出し、受付カウンターの脇に立った女の写真と並べるようにしてテーブルに置いた。

新しくテーブルに置かれた写真には、ひとりの少女が写っていた。写真の少女は高校の制服らしき濃紺のブレザーと、下着が見える寸前まで丈を短くしたタータンチェックのスカートを身につけ、濃紺のハイソックスと黒いローファーを履いていた。

背後にチューリップやノースポールの花の咲く花壇が見えたから、その写真が撮影されたのは少女が通う高校の敷地内なのかもしれなかった。高校の制服姿の少女は、手足がとても細く、すらりとした体つきをしていた。長い黒髪は真っすぐで艶やかだった。唇にはグロスが塗られているようだったが、そのほかには化粧をしていないように見えた。

「桜子、この二枚の写真を見てどう思う？　同一人物なんだけど、そう見える？」

桜子の顔を覗き込むようにして美鈴が訊いた。

「あの、美鈴……これって、本当に同じ人を撮影したものなの？」

桜子は写真から視線を上げて、すぐ前にある美鈴の顔を見つめた。

二枚の写真に写る女は、どちらもきつい顔立ちで、目が吊り上がっていて、どことなく似ているようにも感じられた。けれど、高校の制服姿の少女は、受付の女に比べると、目が少し小さくて、鼻が少し低くて、唇が少し薄くて、何となく地味な雰囲気だった。受付の女の顔にはかなり濃密な化粧が施されているのに対し、女子高生のほうはほとんどノーメイクだということや、年齢の違いを配慮しても、二枚の写真のふたりの女が同一人物なのだとは考えにくかった。

同一人物に見えないのは顔だけではなかった。

制服姿の少女も受付の女も、どちらも手足が長く、すらりとした体型をしていた。だが、少女の胸にはほとんど膨らみがないのに、受付カウンターの脇に立った女の胸は豊かに張り詰めていた。

「別人みたいにも見えるけど、たぶん、このふたりは同一人物なんだよ。ほらっ、この鼻の脇と眉毛のところのホクロの位置も同じだしね」

二枚の写真に写るふたりの女の顔を、小指の先で交互に指して美鈴が言った。

「確かに、ホクロの位置は同じだね」

「そうでしょう？　だからふたりは同一人物なんだ。同じ女だっていうのに、こんなにも違うっていうことは、どういうことだと思う？」

美鈴が桜子を見つめた。その顔にまた、意地悪な表情が浮かんでいた。

「あの……どういうことなの？」

「それこそが、花野香織が美容整形を繰り返していたという動かぬ証拠なんだよ。この胸だって豊胸手術で大きくしたに違いないよ」

意地悪な顔をした美鈴が語気を強めて言い、桜子は二枚の写真を交互に見つめて小さく頷いた。

美鈴の口調は、美容外科手術を繰り返した女を非難しているように聞こえた。けれど、桜子には、彼女を非難する気持ちは湧いてこなかった。

5.

相変わらず、強い雨が降り続いていた。風もさらに強くなったようだった。

ふたりのカップが空になったのを見た桜子は、キッチンに行ってまた紅茶を淹れた。さっきは美鈴が好きなダージリンだったけれど、今度は桜子の好みのミルクティーにしたアッサムだ。

桜子がキッチンから戻ってくるのを待ちかねたかのように、美鈴が花野香織の話を再開した。美鈴はその女が悪霊になったいきさつを、彼女なりに推測しているようだった。

「わたしが調べたところでは、この女、この写真のあとにも美容外科のクリニックで手術を受けたようなんだ。だけど、その手術は失敗しちゃったらしいんだ」

「失敗って、あの……どう失敗したの?」

「その写真はどこにもないから正確なことはわからないんだけど、ネットに飛び交っている情報によると、顔の右側に醜い傷が残ったみたいなんだよ」

「醜い傷……」

「うん。四谷怪談《よつやかいだん》のお岩《いわ》さんみたいになったっていう情報もあったな」

桜子は思わず顔をしかめた。

そして、桜子は姉のことを考えた。美容外科手術の失敗と交通事故という違いこそあれ、顔の右側に大きな傷を負ったというのが同じだったからだ。

そう。憑依霊が姉を自分と同じ目に遭わせると言ったのは、まさにこのことだったのだ。

「綺麗になるために、高いお金を使って手術をしたっていうのに、逆に醜くなっちゃうなんて皮肉なものだよね」

またしても突き放したような口調で美鈴が言った。

「この人、どれほどショックを受けたんだろう？　かわいそう……」

桜子は声を震わせた。自分が花野香織だったらと想像してしまったのだ。

そんな桜子をよそに、美鈴が平然と言葉を続けた。

「顔に醜い傷を負った花野香織を、食品会社は受付嬢から外して、社外の人たちの目に触れない部署に配属したらしいんだ。花野香織は大企業の受付嬢という仕事に誇りを抱いていたから、その受付から外されたことに大きなショックを受けたみたいだよ」

「その会社もひどいわ」

桜子はまた顔をしかめた。そして、また姉のことを考えた。

「確かに、会社のやり方はひどい気もするけど、受付嬢は会社の顔でもあるからね。顔に醜い傷のある女をおいてはおけないんじゃないかな」

「それは、そうだけど……でも、やっぱりひどいわ」

「桜子、あんな悪霊に同情してるの？　呆《あき》れた。桜子ってお人好《よ》しなんだね」

美鈴が言った。さっきまで意地悪そうだったその顔に、今は笑みが浮かんでいた。

「そうじゃなくて、あの……わたし、お姉ちゃんのことを考えちゃったの。その花野っていう女の人とお姉ちゃんは、あの……よく似てるなって」

「言われてみれば、そうだね。桜子のお姉ちゃん、すごく綺麗だったのに、あんなことになっちゃったんだもんね。でも、お姉ちゃんの恋人は、お姉ちゃんが顔に怪我をしたからって心変わりするようなことは一度もなかったんでしょう？」

「裕太さんはお姉ちゃんの顔じゃなく、気持ちが好きなんだって言ってたわ」

あの晩、裕太が言ったことを桜子は思い出した。

「それが理想だよね。だけど、花野香織の恋人はそうじゃなかったんだ」

「その女の人、恋人がいたの？」

「花野香織には結婚を約束していた恋人がいたらしいんだ。だけど、手術に失敗した直後に、その男が彼女に別れを切り出したみたいなんだよ」

それを聞いた桜子は言葉を失った。

そして、桜子はさらに想像した。花野香織に襲いかかってきた底知れぬ絶望と、言葉にできないほどの悲しみとを想像した。

6.

「それで、あの……その人、それからどうしたの？」

ミルクティーにしたアッサムをそっと啜《すす》ってから、桜子は美鈴を見つめた。

「死んだんだ。自殺したんだよ。マンションの屋上から飛び降りたんだ」

美鈴が言った。その顔にはさすがに、深刻な表情が浮かび上がっていた。

桜子はまたしても言葉を失って沈黙した。姉と花野香織の姿がオーバーラップしてしまったのだ。

「あの、美鈴……その人が死んだのは……いつのことなの?」

しばらくの沈黙のあとで、桜子はようやく口を開いた。自分でもはっきりとわかるほどに声が震えていた。

「一年とちょっと前だよ。確か、三月の終わりの頃で、花野香織は二十五歳だったらしいよ」

深刻な顔をした美鈴が言った。

桜子は何も言わず、顔を震わせて美鈴の顔を見つめた。自分を苦しめ続けている悪霊のことだというのに、その女があまりにも哀れで、涙が出てきてしまいそうだった。

「実は、桜子、この話にはまだ続きがあるんだ。花野香織が飛び降り自殺をしたマンションなんだけど……ここのすぐ近くなんだよ」

室内には自分たちふたりしかいないというのに、声を潜めるようにして美鈴が言った。

桜子は反射的に視線をさまよわせた。たった今、花野香織がすぐ近くにいるように感じてゾッとしたのだ。

「この先にある河内屋《かわちや》っていう和菓子屋さん、桜子も知ってるよね?」

「うん。知ってる……」

体の震えを抑えるようにして頷くと、桜子は歩いてすぐのところにある和菓子屋を思い浮かべた。孝二郎が和菓子を好んだということもあって、その和菓子屋ではかなり頻繁に桜餅や柏餅《かしわもち》、ぼた餅やあんころ餅などを購入していた。初老の店主とその妻とも今ではすっかり顔なじみになっていて、道で擦れ違えば笑顔で挨拶をするような関係だった。

「花野香織が飛び降りたのは、その和菓子屋さんの隣のマンションなんだよ」

「そんな……」

桜子は呻くように声を出した。その直後に、ある考えが頭に浮かんだ。「ねえ、美鈴。あの……その人が死んだのは、あの……去年の三月の終わりなの？」

「そうらしい。わたしたちが大学に入学するちょっと前だね」

その瞬間、桜子は鈍器で頭を強く殴りつけられたような衝撃を受けた。

「美鈴。わたし……もしかしたら……あの……」

「なあに、桜子？　どうかしたの？」

「うん。もしかしたら、わたし……あの……その話を知ってるかもしれない」

声を喘《あえ》がせるようにして桜子は言った。いつの間にか、全身を鳥肌が覆っていた。

「知ってるって……どういうこと？」

桜子の目を覗き込むかのように美鈴が見つめた。

「河内屋さんのお隣のマンションの前に、あの……お花が供えられていて……それであの、わたし……河内屋さんの奥さんにそのお花のことを訊いたの。そうしたら……少し前に隣のマンションから、若い女の人が飛び降りて亡くなったって教えられて……」

「えっ？　そんなことがあったの？　それで、桜子はどうしたの？」

「それで、あの……わたし、そのお花の前にしゃがんで……手を合わせたの」

桜子はひどく声を震わせて言った。

「どうしてそんなことをしたの？」

非難するかのような口調で美鈴が言った。

「どうしてって……だって、あの……その女の人がかわいそうだったから……」

さらに声を震わせて桜子が言い、美鈴が無言のまま顔を左右に何度か振った。

「たぶん、それが原因なんじゃないかな？　悪霊となった花野香織はその時に桜子に取り憑いて、呪ってやろうと決めたんだよ」

美鈴が言った。その顔がひどく強張《こわば》っていた。

「でも……どうして、わたしなの？　そのお花に手を合わせた人は、ほかにもいるはずよ。河内屋のご夫婦だって、いつも手を合わせてるって言っていたわ。それなのに……どうしてわたしだけが呪われるの？」

呻くように言うと、返事を待って桜子は美鈴を見つめた。

けれど、美鈴の口からその問いへの答えが出ることはなかった。

いつの間にか雨はやみ、雲のあいだから少しだけ欠けた丸い月が顔を出していた。強かった風も凪《な》いだようだった。

今夜はここに泊まっていきたいと美鈴は主張した。

「今夜だけでいいの。わたし、今夜だけは桜子をひとりきりにしたくないのよ」

美鈴が切実な表情で桜子を見つめた。

けれど、桜子はそれを認めなかった。

桜子も今夜は美鈴にそばにいて欲しかった。一緒のベッドでお互いの体温を感じながら眠りたかった。それほどに心細かったのだ。

それでも、美鈴がここに残ることを認めるわけにはいかなかった。

ここに泊まれば、美鈴も『恐怖新聞』を読むことになるのだ。そうなったら、美鈴の命がまた百日縮むのだ。

そんなことを美鈴にさせるわけにはいかなかった。犠牲者は自分だけで充分だった。

玄関でしばらく押し問答を繰り返したあとで、桜子は美鈴を何とか廊下に押し出し、ドアを閉めてしっかりと鍵をかけた。

「桜子、開けてっ！　中に入れてっ！」

廊下に立った美鈴が、ドアをどんどんと叩きながら叫んだ。

けれど、桜子はドアを開けなかった。

その後も美鈴は一分以上にわたって桜子の部屋の前に立っていた。喪服を着たその姿がのぞき穴から見えた。

だが、やがて、美鈴の姿が見えなくなった。諦めて帰っていったようだった。

ああっ、美鈴。帰らないで……帰らないで……。

自分が無理やり押し出したにもかかわらず、桜子は心の中で呻きをあげた。そして、玄関のたたきに頽《くずお》れるかのようにしゃがみ込み、声を立てずに涙を流した。

7.

その晩もまた、桜子の部屋で『恐怖新聞』が舞った。そして、その晩もまた、悪霊と化した女の姿が壁におぼろげに浮き上がった。

桜子はその姿をまじまじと見つめたけれど、美容外科手術に失敗して醜くなったという顔を、はっきりと確かめることはどうしてもできなかった。顔の右側が爛《ただ》れているようにも感じられたが、それも定かではなかった。

「花野さんね？　あなたは花野香織さんなのね？」

壁に浮き上がった人影に向かって、挑むような口調で桜子は言った。

『ああ、その通りだ。わたしの名前は花野香織だ』

憑依霊が答えた。すでに美鈴とのやり取りを聞いていたのかもしれない。桜子が自分の名を知っていることに、驚いているふうではなかった。

「あなたはどうして、わたしに取り憑いたの？　花野さん、理由を教えて。このわたしがあなたに、いったい何をしたっていうの？」

語気をさらに強めてそう言うと、桜子は返事を待って壁の人影を凝視した。

『そんなに理由を知りたいのか？』

横柄な口調で憑依霊が言い、桜子は壁の人影を見つめて頷いた。『だったら、教えてやる。わたしがお前を選んだのは、お前が憎かったからだ』

「わたしが憎かった？」

悪霊の言葉を桜子は小さく繰り返した。「わたしのどこが憎いの？　わたしがあなたに、どんなひどいことをしたっていうの？」

桜子は再び返事を待って悪霊を見つめた。

女の人影は相変わらず、濃くなったり薄くなったりしていた。濃くなった瞬間には、顔の右側が爛れているようにも見えた。だが、やはりはっきりとはわからなかった。

『わたしは美しくなるために、ものすごい努力をしてきた。過酷なダイエットも続けてきた。エステティックサロンやネイルサロンや、フィットネスクラブにも通った。歯並びを矯正して、ホワイトニングもした。それだけではなく、貯金をはたいて美容整形の手術まで繰り返した』

悪霊と化した花野香織が言った。どういうわけか、その声には怒りが満ちていた。

黙っている桜子に向かって、悪霊がさらに言葉を続けた。

『それはまさに血の滲《にじ》むような努力だったんだ。美しくなるために、ほかのすべてを犠牲にしてきたと言ってもいいほどなんだ。だが、桜子、お前はそうじゃない』

静かな部屋の中に、怒りに満ちた悪霊の声が響いた。『お前は生まれながらに美貌を持っていた。何をしたわけでもないのにスタイルが良く、透き通るような白い肌をしていた。みんなから可愛いと言われ、ちやほやされて育ったものだから、性格も真っすぐで、誰に対しても優しくできた。わたしが努力をして必死で手に入れたものを、お前は最初から持っていたんだ。なあ、桜子、それは不公平だと思わないか？』

憎々しげな口調で悪霊が言った。

けれど、桜子は返事をしなかった。言い返す言葉が見つからなかった。

『何もかも持っているお前のことが、わたしは憎くてたまらなかった。お前の存在自体が、わたしには腹立たしくてたまらなかった。だから、お前に取り憑いてやったんだ。幸せしか知らないお前に、不幸の味を教えるために取り憑いてやったんだ。これでわかったか？　桜子、お前は幸せすぎたんだ。わたしに手向《たむ》けられた花に手を合わせているお前を見た時には、はらわたが煮え繰り返るような気がしたよ』

憑依霊が笑った。不気味なその笑い声が、静かな部屋の中に響いた。

壁に浮き上がった悪霊の姿を、桜子は何も言わずに茫然《ぼうぜん》と見つめていた。そんな桜子に向かって、悪霊がさらに言葉を投げつけてきた。

『ところで、お前、また除霊をしようと考えているな。懲りないやつだ。やれるものなら、やってみろ。その時には、それ相応の仕返しをしてやる。覚悟しておけっ！』

部屋中に響き渡るかのような大声で悪霊が叫んだ。そして、その直後に煙のように姿を消してしまった。

桜子にできたのは、人影の消えた白い壁を、茫然と見つめ続けていることだけだった。

悪霊の言ったことは、桜子にとっては不条理なことばかりだった。けれど、そんなふうに考えてしまう彼女の気持ちが、まったくわからないわけではなかった。

自分に向けられた妬《ねた》みと嫉《そね》み……それについては、何度となく経験していた。そう。桜子は恵まれすぎていたのだ。幸福をひとり占めしてきたのだ。だとしたら、それを妬み、嫉む人々がいるのは、当然のことなのかもしれなかった。

今も桜子の周りには、敵意や悪意のこもった視線を向ける女たちが何人かいた。『男好き』『女の敵』『やりまん』『誰とでも寝る』などという、まったく根拠のない陰口を耳にすることもあった。

ひとりの人間が所有できる幸せには限りがあるんだ。わたしはその幸せを、使い果たしてしまったんだ。

悪霊の消えた壁を見つめて、桜子はそんなことを考えていた。

第七章

1.

橘《たちばな》志乃《しの》の除霊の準備ができたという連絡が富井《とみい》裕太《ゆうた》から届いたのは、姉の菫子《すみれこ》の葬儀の四日後の夜だった。

『あした来て欲しいって橘さんから手紙が届いた。だから、あしたの朝いちばんで長野《ながの》に向かおう。いいね。桜子《さくらこ》ちゃん？　大丈夫だね？』

耳に押し当てたスマートフォンから、興奮しているような裕太の声が聞こえた。

「はい。大丈夫です。裕太さん、ありがとう」

スマートフォンを握り締めて桜子は答えた。期待と不安に体が震えた。

『今度こそうまくいくよ。だから、桜子ちゃんも頑張るんだ』

力強い口調で裕太が言った。

「はい。頑張ります」

桜子はそう答えたけれど、何をどう頑張ればいいのかはわからなかった。

『僕はレンタカーを借りて、あしたの朝、四時に桜子ちゃんを迎えに行く。いいね？』

「わかりました。あの……裕太さん、美鈴《みすず》についてきてもらってもいいかしら？」

おずおずとした口調で桜子は尋ねた。

本当は美鈴を巻き込みたくなかった。それでも、美鈴がそばにいてくれたら、どんなにか心強いだろうと思った。

『美鈴さん？　除霊をしてくれた老人のお孫さんだね？』

「ええ。美鈴も恐怖新聞《きょうふしんぶん》を読むことができるの。だから、除霊の直前まで、そばにいてくれたら心強いわ」

『いいよ。美鈴さんにも来てもらおう。彼女が一緒にいてくれたら、僕も心強いよ。だけど……彼女、来てくれるのかな？』

「来てくれるわ。絶対に来てくれる」

桜子は断言した。

『そうか。それなら、三人で行こう。僕はこれからレンタカーを予約するよ』

裕太が言い、桜子は「ありがとう、裕太さん」と言って、スマートフォンをさらに強く握り締めた。

桜子はすぐに美鈴に電話を入れた。

たった一度の呼び出し音のあとに、スマートフォンから『どうしたの、桜子？　何かあったの？』という美鈴の声が聞こえた。最近の美鈴はほとんど一日中、桜子のことを案じて暮らしているようだった。

そんな美鈴に桜子は、霊能者の除霊の準備が整ったことを告げ、長野県の山奥で行われる除霊についてきてくれないかと頼んだ。

『行くよ、桜子。一緒に行く』

間髪を容《い》れずに美鈴が答えた。

美鈴が断るはずないと桜子は考えていた。それにもかかわらず、その言葉を耳にした瞬間、目頭が熱くなり、視界がみるみるぼやけていった。

「いいの、美鈴？　こんな忌まわしいことに、本当に付き合ってくれるの？」

涙を溢《あふ》れさせながら、喘《あえ》ぐように桜子は言った。

『もちろんだよ。除霊が終わるまで桜子のそばにいてあげる』

「ありがとう、美鈴」

『お礼なんていいよ。桜子とわたしの仲じゃない？』

強い口調で美鈴が言った。桜子には美鈴の優しい笑顔が見えるような気がした。

美鈴との電話を終えると、桜子は夜ごとに悪霊《あくりょう》が姿を現す壁を無言で見つめた。『恐怖新聞』が届き始めてからの桜子は、絶望と悲しみと孤独とに支配され続けていた。それはまるで余命宣告を受けた難病患者のようだった。あるいは、光のまったく差さない真っ暗な洞窟を、たったひとり、手探りで歩き続けているようなものだった。

だが、今、その洞窟に一筋の光が差し込んできたように桜子は感じた。それは本当に微《かす》かで、とても弱々しい光ではあったけれど、長いあいだ暗がりで生きてきた桜子には、眩《まぶ》しいほどの光にさえ感じられた。

期待しちゃダメよ。期待しちゃダメ。

桜子は自分にそう言い聞かせようとした。それでも、体の中にじわじわと広がっていく希望を抑えつけることはできなかった。

助かるかもしれない。もしかしたら、わたしは来年の桜を見られるかもしれない。

白い壁を見つめて、桜子は唇を嚙《か》み締《し》めた。

その晩もまた、ハイヒールの足音とともに悪霊がやってきた。そして、「しんぶーん」と言いながら、桜子の部屋の中に『恐怖新聞』をばらまいていった。

桜子はまた悪霊と化した花野香織《はなのかおり》が姿を現すだろうと予測していた。そして、自分に除霊をするなと命じるのだろう、と。

けれど、どういうわけか、悪霊は姿を見せなかった。

いつもそうしているように、桜子は床に散乱した『恐怖新聞』を一枚ずつ拾い上げた。

その一面にはとても大きな活字で、『早川《はやかわ》桜子、橘志乃から除霊の儀式を受ける』と書かれてあった。

そう。桜子が除霊の儀式を受けることは、すでに動かしがたい事実なのだ。桜子がそうすることを、あの悪霊さえ妨害することはできなかったのだ。

桜子は手にした新聞の記事に視線を走らせた。

その記事は文字だけで写真はなかった。そこには桜子がきょう、富山《とやま》との県境に近い長野の山奥で除霊の儀式を受けると書かれていた。桜子に裕太と美鈴が同行することも記載されていた。だが、その除霊が失敗するのか成功するのかについては、一言も触れられていなかった。

「負けないぞ……負けない……わたしは負けない……」

『恐怖新聞』を手にしたまま、桜子は低く呟《つぶや》いた。体の中に熱いエネルギーのようなものが、じわじわと広がっていくのが感じられた。

2.

その晩は一睡もできなかった。

午前三時にセットしたアラームが鳴る前にベッドを出た桜子は、息苦しいまでの緊張感に包まれながら出かける支度を始めた。桜子がクロゼットから取り出したのは、いつものフェミニンなブラウスやワンピースではなく、長袖の白いTシャツとスキニータイプのぴったりとした濃紺のジーパン、それに合成樹脂製の黒いアノラックだった。

裕太から『歩きやすい服装で来るように』と言われていたから、ハイヒールのパンプスやサンダルではなく、ランニングシューズを履いていくつもりだった。

霊能者の橘志乃との待ち合わせ場所は、長野の山の中腹にある登山者用の駐車場だった。だが、実際に除霊を行うところに行くためには、その駐車場から険しい山道を何時間も歩かなければならないということだった。

いつもの桜子は出かける前に、入念な化粧を施し、髪を整え、たくさんのアクセサリーを身につける。けれど、きょうは眉を描いただけで、化粧はごく薄くしかしなかった。長い髪は後頭部でポニーテールにまとめた。アクセサリーは身につけず、ずっと嵌《は》めているルビーの指輪も外した。

身支度を続けながら、桜子は絶え間なく体を震わせていた。これから弾丸の飛び交う最前線へと向かう兵士のような、悲痛ともいえる気持ちになっていたのだ。

怖かった。怖くてたまらなかった。けれど、もはや後戻りはできなかった。

四時前には東の空がうっすらと明るくなり始めた。鳥の声も聞こえ始めた。

きょうもいい天気になりそうだった。

身支度を済ませてエントランスホールに降りていくと、そこにはすでに、裕太と美鈴が桜子を待っていた。ふたりともこれから登山をするような格好をしていた。

「おはようございます、裕太さん。美鈴もおはよう。裕太さんも美鈴も、きょうはよろしくお願いします」

桜子はふたりに頭を下げた。何の得にもならないどころか、危険な目に遭うかもしれないというのに、ふたりが今、こうしてここにいてくれることが嬉《うれ》しかった。

「おはよう、桜子。そういう格好の桜子を初めて見たよ」

軽い口調でそう言うと、美鈴が桜子の全身を眺めまわした。

「どう？　変じゃない？」

「変じゃない。なかなか似合うよ。ねえ、富井さん？」

朗らかに美鈴が笑った。桜子の緊張をほぐそうとしているようだった。

「そうだね。桜子ちゃんじゃないみたいだけど、でも、なかなか似合うよ」

裕太もまた笑顔で言った。

桜子もふたりに笑いかけようとした。けれど、顔がひどく強張《こわば》っていて、どうしても笑うことができなかった。

裕太が借りてきたのは白いセダン車だった。その車の後部座席では美鈴が桜子の左側に座った。

車に乗るとすぐに、裕太がカーナビゲーションに目的地を入力した。

車が走り出すとすぐに街全体が明るくなり始めた。時折、ビルのあいだから覗《のぞ》く初夏の太陽が、車の中を眩しいほどに強く照らした。

予定通り、三軒茶屋《さんげんぢゃや》から首都高速道路三号線に乗った。桜子の部屋から見下ろすことのできるそのハイウェイは、ほとんど一日中混雑している。けれど、今は早朝だということもあって車は流れていた。

裕太が調べたところによれば、橘志乃との待ち合わせ場所までは、道が空《す》いていたとしても五時間近くかかるようだった。

「桜子ちゃんも美鈴さんも、早起きしたから眠たいんじゃないかい？　眠くなったら、僕のことは気にせず、眠っていていいからね」

ハンドルを握った裕太が振り向かずに言った。彼はサングラスをかけていた。

「お気遣い、ありがとうございます」

美鈴が明るい声で裕太に応えた。「富井さんも疲れたら遠慮なく言ってください。わたしが運転を代わりますからね。こう見えても、わたし、運転は得意なんです」

「美鈴さん、運転ができるんだ？　でも、たぶん、僕ひとりで大丈夫だよ」

裕太もまた明るい口調で答えた。

「もしかしたら、富井さん、わたしの運転を怖がってるんですか？」

「そんなことないよ」

「だったら、疲れたら素直にそう言ってくださいね」

「うん。ありがとう。そうするよ」

これから行楽地に出かけるカップルの会話みたいだな。わたしが緊張しているから、明るくしようとしているんだろうな。

ふたりの声を聞きながら、桜子はそんなことを思った。

車に乗ってからも、桜子は華奢《きゃしゃ》な体を絶えず震わせていた。肩を触れ合わせるようにして座っている美鈴にも、きっとその震えが伝わったのだろう。美鈴は右手を桜子のほうにそっと伸ばし、膝の上に置かれていた桜子の左手をしっかりと握り締めてくれた。

指輪はなかったけれど、その薬指には指輪の跡が今も残っていた。

「桜子、そんなに怖がることはないよ。わたしがついてる。大丈夫。大丈夫」

幼い子供に言い聞かせるかのような口調で美鈴が繰り返した。

「うん。ありがとう」

桜子はそう言って、強張った顔を歪《ゆが》めるようにしてぎこちなく笑った。

3.

長野県内で高速道路を降りてからも、裕太はさらに二時間近く車を走らせ続けた。

国道や県道を走っているあいだは、道の両側に家や店舗が立ち並んでいた。けれど、曲がりくねった山道に入ってからは、人家は稀《まれ》にしか見えなくなった。擦れ違う車もほとんどなくなった。長野県も好天で強い太陽が差しているはずなのに、鬱蒼《うつそう》と生い茂った木々の枝が頭上を覆っているために、山道は夕暮れ時のように薄暗かった。

右に左にとハンドルを切り続けながら、裕太が橘志乃のことを話した。志乃とその母親は富山との県境に近い長野の山奥で、修験者《しゅげんじゃ》として生きているということだった。

「悪霊を追い払うには、やっぱり修験者のやり方がいいんですね」

合点がいったという口調で美鈴が言った。

美鈴によれば、修験者とは修験道の実践者のことで、山伏《やまぶし》とも呼ばれているらしかった。修験道は深い山にこもって厳しい修行を重ねることにより、さまざまな験《げん》を得ることを目的とする宗教で、その成立は奈良時代にさかのぼるのだという。

『森羅万象《しんらばんしょう》に命や神が宿る』

そう考える日本古来の山岳信仰の一種に、海外から渡ってきた仏教や道教、それに陰陽道《おんみょうどう》などが組み合わされて、修験道は形作られたもののようだった。

「悪霊の除霊をするには、修験道のやり方がいちばんなんだって、おじいちゃんは考えていたみたいなの。だから、桜子にも修験道の方法で除霊をしたのよ」

美鈴が言った。美鈴は今もその右手で、桜子の左手を握り締めていた。

美鈴の言葉に頷《うなず》きながら、桜子は彼女の祖父を思い出した。桜子のせいで、その老人は命を失ってしまったのだ。

そう考えると、美鈴に対して申し訳なくてたまらなかった。

車の中では三人の腹が競うように鳴っていた。

除霊の前には絶食をする必要があるというので、桜子はおとといの夜から水以外は何も口にしていなかった。

朝食をとっていないという裕太と美鈴も、ひどい空腹を覚えているに違いなかった。けれど、絶食をしている桜子に気を使っているようで、ふたりは食事のことは一言も口にしなかった。

「わたしのことは気にしないで、ふたりは食事をしてちょうだい」

桜子は裕太と美鈴に何度かそう言ったけれど、ふたりは「大丈夫」と言うだけで、ドライブインで休憩した時にも食事をしようとはしなかった。

車が待ち合わせ場所の駐車場に着いたのは、橘志乃との約束の時刻である午前九時の少し前だった。それは駐車場というよりは、あちらこちらに水たまりのできた小さな空き地という感じだった。

今は車が一台も停《と》まっていないその駐車場に、ほっそりとした体つきの女がひとり立っていた。

その女は、美鈴の祖父が桜子に除霊を施した時に身につけていたのとよく似た白い衣類をまとい、素足に質素な草履を履いていた。

「あの人が橘さんなのね？」

桜子が尋ね、サングラスを外した裕太が、「ああ。そうだよ」と低く答えた。裕太も緊張をしているようで、その顔が強張っていた。

裕太は女に静かに車を近づけ、そのすぐそばに停止させてエンジンを止めた。

車の中の桜子を、橘志乃が見つめていた。その目は驚くほどに澄んでいて、迷いというものが微《み》塵《じん》も感じられなかった。

「橘さんって、すごく綺麗《きれい》なんですね。驚きました」

美鈴が言い、裕太が「うん。綺麗だね。僕も初めて会った時には驚いたよ」と、強張った顔のまま答えた。

美鈴が言う通り、志乃は切れ長の目をした美しい女で、どことなく神秘的で、人を寄せ付けないような雰囲気を漂わせていた。極めて有能だという女性霊能力者は、首が長く、抜けるように白く滑らかな肌をしていた。化粧はほとんどしていないように見えたが、降り積もった雪の上に落ちた南天の実のように、唇だけが赤かった。女は額に白い木綿のハチマキを巻き、手には数珠《じゅず》を持っていた。長く真っすぐな黒髪は、桜子と同じように後頭部でひとつにまとめられていた。

すぐに裕太と美鈴が車から降りた。相変わらず震え続けながらも、桜子も彼らに続いた。

こぢんまりとした駐車場には、強い日差しが照りつけていた。けれど、車外の空気は春先のようにひんやりとしていた。吹き抜ける風からは、湿った土や、青草の香りがした。

「お待たせしてしまって、申し訳ありません。きょうはよろしくお願いいたします」

そう言うと、裕太は志乃に頭を下げた。

「わたしも来たばかりです」

笑わずに答えた女が、恐ろしく澄んだその目でまた桜子を見つめた。顔立ちがあまりにも整っているために、女は命を持たない人形のようにも見えた。

桜子は女に挨拶をしようとした。けれど、その前にまた女が口を開いた。

「あなたが早川桜子さんですね？」

「はい。あの……そうです。でも……どうして、わたしだとわかったんですか？」

切れ長の女の目を見つめ返し、桜子はおずおずと訊《き》いた。

「憑依霊《ひょういれい》らしき女が見えるから」

女が平然とした口調で言った。赤い唇のあいだから、白く揃《そろ》った美しい歯が覗いた。

その言葉を耳にした瞬間、桜子は一段と激しく身を震わせた。

「見えるんですか？　橘さんには本当に、あの……憑依霊が見えるんですか？」

「見えます。まだ若い女の姿が見えます。強い怨念を持って死んだ女です。その女は自ら死を選んだようですね。この除霊は、わたしが予想していたより遥《はる》かに難しいものになるかもしれません」

表情を変えることなく女が答えた。

「除霊はできますか？　橘さんはその悪霊に勝てますか？」

桜子のすぐ背後に立っていた裕太が心配そうに訊いた。

「わかりません。でも……もし、万一、負けるようなことになれば、恐怖新聞を読まされ続けて早川さんは死ぬことになります。このわたしも……生きていられるかどうかはわかりません」

静かな口調で志乃が言った。恐ろしく澄んだ切れ長の目は、相変わらず桜子に向けられていた。

もしかしたら、自分も死ぬことになるかもしれないというのに、彼女はやはり顔色ひとつ変えなかった。

「お願いします、橘さん。桜子を助けてください。桜子を助けられるのは橘さんだけなんです。だから、お願いします。お願いします」

美鈴が身を乗り出し、志乃に何度も頭を下げた。

「とにかく、やってみましょう。ついてきてください」

そう言うと、志乃がくるりと背を向けた。そして、白い装束の裾をはためかせ、ポニーテールにした髪を左に右にと揺らしながら、駐車場の外れにある山道のほうへ軽やかな足取りで歩き始めた。

山道は急な上り坂ばかりだった。そんな坂道の先頭を白装束の志乃が歩き、そのあとを桜子と美鈴が続いた。裕太は三人の後ろから歩いてきた。

鳥の声が耳に絶え間なく飛び込んできた。風に吹かれた木々の葉が触れ合う音も聞こえた。けれど、人工的な物音はまったくしなかった。車やオートバイのエンジン音も聞こえなかった。

山道は最初のうちはそれなりに広かったし、多少の整備もされていた。けれど、歩き続けるうちに、道はどんどん細くなり、どんどん険しくなっていった。

歩き始めたばかりの時には、桜子と美鈴は手を繋《つな》いで並んで歩いていた。けれど、道幅があまりにも狭くなったために、途中からは並んで歩くわけにはいかなくなった。今、四人が歩いているのは、山に棲《す》む獣と修験者しか通らない道のようだった。

運動習慣のない桜子は、長距離走でもしているかのように呼吸を乱れさせていた。桜子の背後を歩く美鈴も息を弾ませているようだった。けれど、先頭を行く志乃は少しも息を切らせておらず、その足取りは野生の鹿のように軽やかだった。

「すごく山奥まで行くのね」

桜子の背後を歩いている美鈴が言った。

「そうね。わたし、こんな山の中に来たのは初めてよ」

志乃の背を見つめて桜子は応えた。心の中では、この女の人は、こんなところで生きていて何が楽しいのだろうと考えていた。

車の中で美鈴から聞かされた話によれば、修験道は平安から江戸にかけての時代には、人々のあいだで盛んに信仰されたということだった。けれど、明治の初めに『修験道廃止令』が出され、修験道は国家による弾圧を受けるようになった。また廃仏毀釈《きしゃく》により、修験道に関するものも組織的に破壊されたらしかった。修験道が再び公に許されるようになったのは、戦後の日本国憲法によって信仰の自由が認められてからだった。

その修験道を究めるべく、志乃とその母親は、俗世間と完全に決別し、電気もガスも水道もない山小屋のようなところで修行を続けながら、自給自足のような生活をしているらしかった。

そう。志乃は化粧をすることもないし、アクセサリーを身につけることもない。マニキュアもペディキュアも塗らないし、ハイヒールも履かない。レストランで美味《おい》しいものを食べることもなければ、ワインやビールを口にすることもない。それだけでなく、映画やコンサートやスポーツ観戦に行くこともないし、スマートフォンで友人たちとやりとりすることも、ゲームをすることもないのだ。こんなに美しいというのに、志乃には恋人がいたこともないのではないかと桜子は想像した。

個人の信仰について、口を挟むつもりはなかった。それでも、この豊かな日本で、若く美しい志乃が、自ら望んでそんな生活をしている理由が、桜子には理解できなかった。

「富井さんは……前にも……ここを歩いた……ことがあるのよね？」

背後の裕太を振り向いて美鈴が訊いた。息を切らせているために、その言葉が途切れ途切れになっていた。

「山道はどこも同じようなものだから、断言はできないんだけど……橘さん母娘《おやこ》に会いに行った時に……こんなところを歩いたような気がする……あらかじめ調べて行ったんだけど……あの時には橘さん母娘が暮らしている場所が……正確にはわからなかったから……この山の中で迷いに迷って……本当に大変だったんだ……目印になるようなものは……滝とか渓流とか……大きな岩とか……あてにならないものばかりだったんだ……だから、あの時は……ほとんど一日中……山道をさまよっていた……ような感じだったよ」

裕太もまたひどく息を弾ませながら、途切れ途切れに答えた。

志乃と初めて接触した時の裕太は、とてつもなく苦労をしたようだった。志乃とその母が暮らしている小屋には、電話もパソコンもファックスもないし、手紙も麓《ふもと》の村の郵便局までしか届かないということだった。だから、あの日の裕太は、彼女たちに会えるという保証もないまま、この道をひとりきりで歩いて行ったらしかった。

今では義理の妹になることもなくなった自分のために、そこまでしてくれた裕太の気持ちが、桜子には素直に嬉しかった。

4.

橘志乃がようやく足を止めたのは、歩き始めて一時間以上が経過した頃だった。

「着きました。除霊はあの堂で行います」

立ち止まった志乃が、背後の桜子たちを振り向いて言った。これほど険しい道を歩き続けてきたというのに、その声は少しも乱れてはいなかった。

志乃は『堂』と言った。けれど、前方にある建物は、桜子の目には小さくて、みすぼらしくて、今にも崩れ落ちてしまいそうな小屋に映った。その小屋の周りには木々が鬱蒼と生い茂っていた。

今、四人がいるのは切り立った崖の上のような場所で、木々のあいだから遠くの景色が見渡せた。今もいたるところから、鳥の声が聞こえる。日差しは相変わらず強かったが、崖の上を吹き抜けていく強い風は早春のそれのように冷たかった。

「堂に入れるのは、早川さんとわたしだけです。ふたりはここで待っていてください」

志乃が三人を順番に見つめて言った。その目には迷いのようなものはひとかけらもなく、今も恐ろしいほどに澄んでいた。

「わたしも立ち会わせてください。邪魔するようなことは決してしません。ですから、わたしも除霊に立ち会わせてください。お願いします」

額を汗で光らせた美鈴が志乃にそう言って頭を下げた。

「それはできません。早川さんに取り憑《つ》いているのは、恐ろしく危険な悪霊です。だから、あなたと富井さんは堂の外にいてください」

少しも表情を変えることなく、きっぱりとした口調で女性霊能者が言った。

「でも……」

「橘さんの言う通りにしよう。美鈴さんは僕とここで待っているんだ」

裕太が言い、美鈴は納得できないという顔をしながらも頷いた。


志乃が木製の太い閂《かんぬき》を持ち上げ、重たそうな堂の扉をゆっくりと開いた。錆《さ》びついた蝶番《ちょうつがい》がギーギーと軋《きし》んだ。

桜子はひどく怯《おび》えながらも堂の中に足を踏み入れた。

内部は八畳ほどの広さだった。密閉されていた堂の中には、饐《す》えたようなにおいと、黴《かび》と埃《ほこり》のにおいとが漂っていた。そこには竹を編んで作られたらしい古ぼけた行李《こうり》がひとつ置かれているだけで、護摩《ごま》を焚《た》くための容器も、机もムシロもなかった。漆喰《しっくい》が塗り重ねられた白っぽい壁にも、何も貼られていなかった。

桜子に続いて堂に入ってきた志乃が、また蝶番を軋ませながら扉を閉めた。その瞬間、堂の中は真っ暗になり、桜子の目に映っていたもののすべてが消えた。

「大丈夫です。すぐに蠟燭《ろうそく》を灯《とも》します」

桜子の怯えを察したらしい霊能者が、落ち着いた声で言った。その直後に、マッチが擦られる音が聞こえ、火薬の燃えるにおいがした。ほぼ同時に、整った志乃の顔が暗闇の中に神秘的に浮かび上がった。

綺麗な人だな。ちゃんとお化粧をしたら、どれだけ綺麗になるんだろう？

こんな時だというのに、桜子はそう思わずにはいられなかった。

志乃がどこからか白い蠟燭を取り出し、その芯にマッチの炎を移した。そして、その場にゆっくりと蹲《うずくま》り、蠟燭を傾けて板張りの床に何滴かの蠟を滴《したた》らせ、その蠟の雫《しずく》の上に炎の揺れる蠟燭をそっと立てた。

一連のその動作は流れるようで、舞を踊っているかのようだった。女は細い指の持ち主だったが、その爪は短く切り詰められていた。

「それでは、早川さん。身につけているものをすべて脱いでください。もし、アクセサリーをつけているのでしたら、それもすべて外してください」

女の口から出た言葉は、桜子をひどく驚かせた。

「あの……ここで裸になるんですか？」

「衣類はバリアのようなもので、わたしが送る念を遮ってしまうのです。ですから、早川さんだけでなく、このわたしも、生まれたままの姿になる必要があります。脱いだものは、この行李の中に入れておいてください」

竹製の行李を引き寄せ、その蓋を開けながら女が言った。

桜子は無言で頷くと、黒いアノラックを脱ぎ、汗で湿った白いTシャツを脱いだ。その後は、脚に張りつくようなジーパンと木綿の靴下を脱ぎ捨て、洒落《しゃれ》たレースに縁取られた白いブラジャーと、白くて小さな化繊のショーツだけという格好になった。

「あの……下着も脱いだほうがいいんですよね？」

桜子が訊き、今度は女が無言で頷いた。

たとえ同性とはいえ、会ったばかりの人の目に裸体を晒《さら》すのは恥ずかしかった。けれど、桜子に選択肢はなかった。

背中に手を伸ばしてブラジャーを外し、腰を屈《かが》めて小さなショーツを脱ぎ捨てると、桜子は両手で胸と股間を隠すようにして女の顔を見つめた。

その瞬間、桜子の裸体を、志乃が驚いたような顔をして見つめた。

「早川さん、とても女っぽい体をしているんですね。こんなに美しい女の人の体をじかに目にしたのは初めてです」

女が白い歯を覗かせて微笑《ほほえ》んだ。

志乃の笑顔を目にしたのは、それが初めてだった。

桜子が全裸になると、今度は志乃が着ているものを脱ぎ始めた。その動作はやはり流れるかのようで、舞のように優雅だった。白装束の下に志乃は腰巻きのようなものを身につけているだけで、ブラジャーもしていなかったし、ショーツも穿《は》いていなかった。

全裸になった志乃の姿を目にした桜子は、思わず息を呑《の》んだ。その体のいたるところに黒い墨のようなもので、無数の文字がぎっしりと書かれていたからだ。

「家を出る前に、母が九字《くじ》切《ぎ》りをしながら書いてくれました」

問われたわけでもないのに、霊能者の女が言った。「こうして体に九つの文字をじかに書くのは、九字切りをするより遥かに効力があるのです」

静かな口調で女が言い、桜子は美鈴の祖父が九字切りをしながら、堂内の壁のいたるところに護符を貼っていたことを思い出した。

桜子とは違い、女は裸体を隠そうとはまったくしなかった。ジロジロと見ては失礼だと思いつつも、桜子の視線は女の裸体に釘付《くぎづ》けになった。

女の体に書かれている文字は、「臨《りん》」「兵《ぴょう》」「闘《とう》」「者《しゃ》」「皆《かい》」「陣《じん》」「列《れつ》」「在《ざい》」「前《ぜん》」という九つの漢字のようだった。その九つの漢字が女の白い皮膚をぎっしりと、ほとんど隙間なく覆い尽くしていた。

臨、兵、闘、者、皆、陣、列、在、前……臨、兵、闘、者、皆、陣、列、在、前……臨、兵、闘、者、皆、陣、列、在、前……文字に覆われた女の体はしなやかで、野生の豹《ひょう》のようにも見えた。それは極限まで鍛え上げられたアスリート……例えば、新体操の選手、あるいはバレエのプリマのようだった。

女の乳房は桜子と同じように小さかった。股間は黒い毛に覆われていたが、その量は多くはなかった。志乃がハチマキを外す時に、腋《わき》の下がちらりと見えた。脱毛をする習慣がないらしい女の腋の下には、柔らかそうな毛がほんの少し生えていた。

「儀式を始めます。早川さん、蠟燭の前に正座をして、深い呼吸を繰り返してください。目は閉じずに壁の一点を見つめ、雑念を払ってください」

女が言い、桜子は言われた通り、その場に背筋を伸ばして正座した。そして、壁の一点を見つめ、深い呼吸を繰り返しながら、意識的に頭の中を空っぽにしようとした。

そんな桜子と一本の蠟燭を挟んで向き合い、志乃が床に腰を下ろして蓮華座《れんげざ》を組んだ。その姿はやはり、言葉にできないほどなまめかしかった。

5.

儀式が開始された。

志乃が唱え始めたのは、美鈴の祖父が鎌倉《かまくら》の堂で唱えていたものと同じ念仏なのかもしれなかった。だが、イントネーションが大きく異なっているせいで、桜子にはまったく別のものに聞こえた。

「おん、あぼぎゃ、べいろしゃのう、まかぼだら、まに、はんどま、ぢんばら、はらばりたや、うん！　おん、あぼぎゃ、べいろしゃのう、まかぼだら、まに、はんどま、ぢんばら、はらばりたや、うん！」

全裸で蓮華座を組んだ志乃の美しくて神秘的な顔は、いつの間にか、鬼のような形相に変わっていた。力強い声で念仏を唱えながら、志乃は桜子に向かって右腕を真っすぐに突き出していた。

「おん、あぼぎゃ、べいろしゃのう、まかぼだら、まに、はんどま、ぢんばら、はらばりたや、うん！　おん、あぼぎゃ、べいろしゃのう、まかぼだら、まに、はんどま、ぢんばら、はらばりたや、うん！　早川桜子に取り憑いている悪霊よ、姿を見せよっ！　今すぐに、その姿を見せるのだっ！」

美鈴の祖父から除霊を受けた時もそうだったが、桜子は自分の体を次々と何かが突き抜けていくような痛みを覚えた。

「あっ、痛いっ……痛いっ……ああっ……はあっ……うっ……あっ……いやっ……」

それは本当に耐え難い痛みだった。まるで体のいたるところに……顔に、首に、肩に、腕に、胸に、腹に、下腹部に、そして、脚や膝に……何百本もの針を突き立てられているかのようだった。

「うっ……痛いっ……あっ……ぐっ……うぐっ……あっ……痛いっ……」

桜子は左右の拳を握り締め、奥歯を強く食いしばり、何とかして声を抑えようとした。自分の口から漏れているその声が、とてもはしたないものに聞こえたのだ。

けれど、鋭い痛みが肉体を走り抜けていくたびに、漏れ出てしまう呻き声を、どうしても抑えることができなかった。

そのあいだも志乃は声高に念仏を唱え続けていた。

「おん、あぼぎゃ、べいろしゃのう、まかぼだら、まに、はんどま、ぢんばら、はらばりたや、うん！　邪悪な悪霊よっ、姿を見せよっ！　わたしの前にその醜い姿を見せるのだっ！　おん、あぼぎゃ、べいろしゃのう、まかぼだら、まに、はんどま、ぢんばら、はらばりたや、うん！　姿を見せよっ！　このわたしにお前の醜い姿を見せるのだっ！」

堂の中には風など吹き込まないはずなのに、桜子は強い風を感じた。志乃とのあいだに立てられた蠟燭の炎は、その風に煽《あお》られてゆらゆらと大きく揺れ続けていた。

墨で九種の漢字が無数に書かれた志乃の引き締まった肉体は、いつの間にか、噴き出した汗にまみれ、オイルを塗り込めたかのようにてらてらと光り始めていた。

「おん、あぼぎゃ、べいろしゃのう、まかぼだら、まに、はんどま、ぢんばら、はらばりたや、うん！　悪霊よ、姿を見せよっ！　おん、あぼぎゃ、べいろしゃのう、まかぼだら、まに、はんどま、ぢんばら、はらばりたや、うん！」

「あっ……痛いっ……やめて、橘さんっ……もう、ダメっ……わたし……もう、我慢ができないっ！」

次々と襲いかかってくる痛みに耐え切れず、桜子は身をよじってそう訴えた。

「耐えなさいっ、早川さんっ！　悪霊を追い払いたいのなら耐えなさいっ！」

桜子に向かって右腕を突き出したまま、堂の中に響き渡るような大声で霊能者が命じた。志乃の顎の先からは汗の雫が絶え間なく滴り落ちていた。体を覆い尽くした文字が、汗で滲《にじ》み始めていた。

「おん、あぼぎゃ、べいろしゃのう、まかぼだら、まに、はんどま、ぢんばら、はらばりたや、うん！　おん、あぼぎゃ、べいろしゃのう、まかぼだら、まに、はんどま、ぢんばら、はらばりたや、うん！　おおっ、ついに出てきたな、悪霊めっ！　ついにその醜い姿を現したなっ！」

鬼の形相をした志乃が言った。

そう。志乃には見えたのだ。桜子の体から分離した憑依霊が見え始めたのだ。

「離れよ、悪霊っ！　早川桜子から速やかに離れよっ！　おん、あぼぎゃ、べいろしゃのう、まかぼだら、まに、はんどま、ぢんばら、はらばりたや、うん！　忌まわしき悪霊よ、早川桜子から離れ、お前の居場所である魔界へと立ち去るのだっ！」

やがて狭い堂の中に、桜子が漏らしているのとは別の呻き声が響き始めた。悪霊と化した花野香織が悶《もだ》え苦しんでいる声に違いなかった。

『ううっ……やめろっ……ううっ……その念仏をやめろっ……うううっ、畜生っ……苦しい……苦しいっ……やめろっ……念仏をやめるのだっ……』

自分の口から漏れているのとはまったく別の呻き声が、桜子の耳にもはっきりと届いた。それは毎夜のように耳にしている花野香織の声のようだった。

「離れるのだ、悪霊よっ！　早川桜子から離れ、お前の棲家《すみか》である魔界へと消え失《う》せるのだっ！」

霊能者が大声で悪霊に命じた。そして、腹の底から声を絞り出すようにして、なおも念仏を唱え続けた。「おん、あぼぎゃ、べいろしゃのう、まかぼだら、まに、はんどま、ぢんばら、はらばりたや、うん！　おん、あぼぎゃ、べいろしゃのう、まかぼだら、まに、はんどま、ぢんばら、はらばりたや、うん！」

『ううう っ……離れるものか……誰が離れるものか……ううううっ……離れないっ……離れないっ……離れてなるものかっ！』

苦しげに呻きながら悪霊が言った。その不気味な声が桜子にもはっきりと聞こえた。

6.

桜子に向かって右腕を突き出し、神秘的なまでに美しい顔を鬼のように歪め、腹の底から絞り出すかのように、志乃が力強い念仏を繰り返した。

「おん、あぼぎゃ、べいろしゃのう、まかぼだら、まに、はんどま、ぢんばら、はらばりたや、うん！　立ち去るのだ、悪霊っ！　早川桜子から離れるのだっ！」

乱れた髪が、鬼の形相を浮かべた志乃の額や頬にぺったりと張りついていた。九種類の漢字が無数に書かれた白い皮膚からは、いく筋もの汗が絶え間なく流れ落ちていた。

『ううううっ……苦しいっ……やめろっ……その念仏をやめろっ……苦しいっ……』

桜子の中では悪霊と化した花野香織が呻きをあげ続けていた。自らも痛みと苦しみに呻きながら、桜子は堂の中に響くその声を聞いていた。

「おん、あぼぎゃ、べいろしゃのう、まかぼだら、まに、はんどま、ぢんばら、はらばりたや、うん！　おん、あぼぎゃ、べいろしゃのう、まかぼだら、まに、はんどま、ぢんばら、はらばりたや、うん！　おおっ、ついに離れたなっ！」

霊能者が大声で叫ぶと、蓮華座を崩してすっと立ち上がった。そして、板張りの床を踏み鳴らし、ポニーテールの髪をなびかせ、桜子の背後に向かって大股で歩き出した。

反射的に桜子は振り向いた。

そして、桜子は見た。おぼろげに浮かび上がった花野香織の姿と、全裸の女性霊能者が向き合うようにして立っているのを。

「立ち去るのだ、悪霊っ！　今すぐ、魔界に戻るのだっ！」

志乃がおぼろげな悪霊に向かって両腕を突き出し、叫ぶかのような大声で命じた。全裸の志乃の体からは今も、絶え間なく汗の雫が滴り続けていた。湯気もゆらゆらと立ち上っていた。

『うううううっ……離れるものか……離れるものかっ……』

悪霊と化した花野香織が、身を悶えさせるようにして言った。

「離れよ、悪霊っ！　早川桜子から離れるのだっ！　おん、あぼぎゃ、べいろしゃのう、まかぼだら、まに、はんどま、ぢんばら、はらばりたや、うん！　おん、あぼぎゃ、べいろしゃのう、まかぼだら、まに、はんどま、ぢんばら、はらばりたや、うん！」

『やめろ……苦しい……やめろ……やめてくれ……その念仏をやめるんだ……』

次々と襲いかかる苦しみのために、花野香織の声がひどく震えていた。『やめろ……頼むから、やめてくれ……その念仏をやめてくれ……苦しい……苦しい……』

悶絶《もんぜつ》する悪霊は息も絶え絶えという様子だった。

そう。この対決は志乃が勝つのだ。志乃の儀式は成功し、桜子はついに花野香織の呪縛から解き放たれるのだ。その証拠に、少し前から桜子は、あれほど激しかった体の痛みが、少しずつ弱まっていくのを感じていた。

勝つんだ。志乃さんが勝つんだ。わたしはこれで悪霊から解き放たれるんだ。

喜びが込み上げてくるのを感じながら桜子は思った。

身悶えをしていた花野香織の悪霊が、長い髪を掻き毟《むし》り始めた。襲いかかってくる苦しみに耐えかねたのか、ついに悪霊は膝を折り曲げ、しゃがみ込むかのようにその場に蹲ってしまった。

『橘志乃……教えてくれ……いったい、わたしのどこが……どこが悪かったというのだ？　わたしは美しくなりたいと願っただけだ……そのどこが……悪かったというのだ？』

床に蹲った悪霊が、苦しげな身悶えを続けながら尋ねた。その声がひどくかすれていた。

だが、志乃は返事をすることなく、高らかに念仏を唱え続けていた。

『橘志乃……お前、こんなところで……こんなことをしていて……もったいないと思わないのか？』

声を絞り出すかのようにして悪霊が言った。

「もったいない？　何のことだ？」

花野香織の前に仁王立ちになっていた志乃が、念仏の合い間にわずかに首を傾《かし》げた。

『お前はこんなにも美しく生まれついたというのに……誰もが振り向きたくなるほどの美貌を持って生まれてこられたというのに……それなのに……その美貌を何の役にも立てず、こんな何もない山奥で、こんな禁欲的な暮らしをしていて……それを、もったいないとは思わないのか？　お前ほどの美貌の持ち主だったら、どんなものだって手に入れられるはずだ……大金持ちと結婚して贅沢《ぜいたく》三昧《ざんまい》の暮らしをすることもできるし、どこかの国の王様の妃にだってなれるかもしれないんだぞ……世の中の人々が手に入れたくても、決して手に入れられないものを……お前なら手に入れることができるんだ』

「馬鹿馬鹿しい」

悪霊を見下ろした志乃が、極めて冷たい口調で言った。

『馬鹿馬鹿しいだと？』

床に蹲ったままの悪霊が全裸の志乃を見上げた。

「美しさなど、わたしには無用だ。そんな馬鹿げたことに囚われて人を呪うなんて、呆れ返ってものも言えない」

吐き捨てるかのように志乃が言った。汗にまみれたその顔には蔑《さげす》みの表情が浮かんでいた。「お前には早川桜子に取り憑く権利はないっ！　恥を知れっ！」

前方に両手を突き出したまま、さらに大きな声で志乃が命じた。今では志乃も、自分が完全に優位に立っているのだということを、はっきりと感じているようだった。

『……恥を知れだと？』

声を絞り出すようにして悪霊が言った。桜子はその声に、凄まじいまでの怒りと憎しみが込められているのを感じた。

「そうだ。恥を知れ。お前が早川桜子にしていることは、ただの逆恨みだっ！　ただのやっかみだっ！　お前には誇りというものがないのか？」

『よくも……よくも、そんなことが言えたな。美しく生まれたお前たちに……わたしの気持ちがわかるものかっ！　昼の光に、夜の闇の深さがわかるものかっ！』

苦しげに身をよじりながらも、凄まじいまでの怒りと憎しみを込めて花野香織が叫んだ。『愚かだとわかっていても、囚われるのが人間の性《さが》じゃないか。美しくなりたいと願うのもまた、女の性じゃないか。それが人間なんだ。畜生……畜生……そんなこともわからないお前などには、絶対に負けられない。負けるわけにはいかないのだーっ！』

次の瞬間、蹲っていた悪霊が、渾身の力を振り絞るようにして立ち上がった。

桜子はゾッとした。たった今、悪霊の中で何かのスイッチが入ったように感じたのだ。

今、悪霊を何とか支えているのは怒りだった。志乃に対する憎しみだった。

そう。『恥を知れ』という志乃の一言が、悪霊の逆鱗《げきりん》に触れたのだ。それによって呼び覚まされた凄まじいまでの怒りと憎しみが、息も絶え絶えだった悪霊に再び息を吹き込んだのだ。

『橘志乃、お前は人間を知らない。人間の業《ごう》の深さを知らない。だから、お前の念仏には怨《おん》恨《こん》がない。そんな薄っぺらな念仏で、わたしを打ち倒せるはずがないのだーっ！』

その瞬間、悪霊と化した花野香織が堂の中に響き渡るような大声で叫んだ。同時に、桜子の前で揺れていた蠟燭の炎が一段と大きく揺れ、ふっと息を吹きかけられたかのように消えた。

炎が消えたことで、室内には漆黒の闇が満ち、桜子には何も見ることができなくなった。

「しまったっ！」

たじろいだかのような志乃の声が聞こえた。

『橘志乃、お前の負けだっ！』

堂の中に一際《ひときわ》大きな悪霊の声が響き渡った。

「何だと？」

『わたしにはお前にはない怨《おん》があるっ！　お前にはない恨《こん》があるっ！　これがその怨の力だっ！　恨の力だっ！　橘志乃、これでも喰《く》らえーーーーーーーーーーっ！』

花野香織が獣のように叫び、真っ暗だった堂の中に目が眩《くら》むほどの閃光《せんこう》が満ちた。ほぼ同時に、屋根を落雷が直撃したような凄《すさ》まじい轟音《ごうおん》が堂内に轟《とどろ》き渡り、「あっ！」「ひっ！」という女性霊能者の悲鳴が聞こえた。その直後に、辺りはまた真っ暗になって、桜子には何も見えなくなった。

どすんという大きな音がした。人が床に倒れたような音だった。

「あっ！　顔が……わたしの顔が……いやっ！　いやーーーーーーーーーっ！」

志乃の叫び声が聞こえ、床の上でのたうちまわっているような音がした。

「橘さんっ！　どうしたんですかっ！」

声のほうに顔を向けて桜子は叫んだ。「何があったんですっ！　橘さんっ！　橘さんっ！」

『橘志乃は負けたのだっ！　わたしの怨が、わたしの恨が、橘志乃を打ち負かしたのだっ！』

暗がりの中に、今度は勝ち誇ったかのような悪霊の声が響いた。

「橘さんが負けたって……そんな……」

『諦めるんだ、桜子。お前はわたしから決して逃れることはできないのだっ！』

悪霊が叫んでいるあいだも、桜子の耳には志乃の呻きが絶え間なく飛び込み続けていた。床を転げまわっているような音もした。

桜子は正座をやめ、志乃の声に向かって、床を這《は》うようにしてにじり寄った。

「橘さんっ！　橘さんっ！」

桜子は呻き声のほうに夢中で手を伸ばした。すると、汗にまみれてぬるぬるになった女の体に、中指と薬指の先端が触れた。

「橘さんっ！　どうしたんですかっ！　橘さんっ！　橘さんっ！」

床でのたうちまわっているらしき女の体を、桜子は懸命に抱き起こそうとした。相変わらず、桜子には何ひとつ見えなかったが、噴き出した汗にまみれた志乃は、両手で顔を覆って呻いているようだった。

「ああっ、顔が……顔が……わたしの顔が……」

全裸の桜子に抱かれた全裸の志乃が、声をひどく喘がせて言った。

その瞬間、桜子の鼻が血のようなにおいを嗅ぎ取った。

「橘さん、顔を怪我《けが》しているんですか？」

両手で顔を覆い続けているらしい女の裸体を、ようやく抱き起こして桜子は訊いた。桜子の体もまた、脂汗《あぶらあせ》でぬるぬるになっていた。

志乃からの返事はなかった。志乃はただ、苦しげに呻いているだけだった。

「今、助けを呼びます。ちょっとだけここにいてください」

裸の志乃を再び床に横たえると、桜子は手探りで行李のほうへと這い始めた。急いで衣類を身につけ、堂の外にいる美鈴と裕太に助けを求めるつもりだった。

7.

悪霊に打ち負かされた志乃は、顔の右半分にひどい怪我を負わされていた。それは本当にひどい怪我で、美鈴も裕太も思わず目を逸《そ》らしてしまったほどだった。

そう。姉の菫子にしたように、花野香織は志乃をも自分と同じ目に遭わせたのだ。

志乃が母とふたりで暮らしている小屋は、堂のすぐ近くにあった。ぐったりとしている志乃を背負い、裕太がその小屋に運んだ。

志乃には微かな意識はあったが、顔からの出血が激しく、ひどく朦朧《もうろう》としているようだった。ぐったりとなって裕太に背負われながら、志乃は苦しげな呻きを漏らし続けていた。

小屋には志乃の母がいた。志乃の母は小屋の脇の小さな鳥居の下で、蓮華座を組んで念仏を唱えていた。彼女は悪霊と対峙《たいじ》している娘をそこから援護していたようだった。

志乃の母は五十歳前後なのだろうか。日焼けした顔には皺《しわ》が目立ったが、娘とよく似たとても美しい女だった。日々、厳しい修行を続けている母は、娘と同じようにすらりとした体つきをしていた。きっと裸になったら、その体は筋肉に覆われているのだろう。志乃の母は娘と同じように、修験者の白い装束を身につけていた。

顔に大怪我をした娘を目にした母は、ひどく取り乱した。

「ああっ、志乃っ！　志乃っ！」

志乃の母は裕太に背負われた娘に縋《すが》りついて泣き叫んだ。

「お母さん……やられた……わたしが未熟だった……」

志乃が呻くように言った。その顔からは今も、血が絶え間なく溢れ続けていた。

「そうなるんじゃないかと思っていたんだ。こんな無理はすべきじゃなかったんだ」

「出血だけでも早く止めないと」

裕太はそう言うと、彼女たちが暮らしている小屋に足早に向かった。「ここまでは救急車は来られないだろうから、とりあえず応急手当てをして、それから、山を下りましょう。お母さん、消毒液と包帯を用意してください」

「志乃の手当てはわたしがするっ！　お前たちはさっさと立ち去れっ！」

唾《つば》を飛ばして志乃の母が言った。整ったその顔が怒りに歪んでいた。

「お母さんひとりでは志乃さんを背負って山を下りるのは無理です。応急処置をしたら、僕が志乃さんを背負って山を下ります」

粗末な玄関の木製の柱に志乃を寄りかからせながら裕太が言った。

「いいから帰れっ！　消え失せろっ！　お前たちさえ来なければ、こんなことにはならなかったんだっ！　この疫病神《やくびょうがみ》めがっ！　帰れっ！　帰れっ！　帰れっ！」

日焼けした顔を真っ赤にして志乃の母が叫び続けた。

「でも、お母さん……このままでは、志乃さんの命が危ないんです」

必死の顔で裕太が言った。裕太のシャツの胸の辺りは、志乃の顔から溢れ続けている血液で真っ赤に染まっていた。

「帰れと言っているのが聞こえないのかっ！ 帰れっ！ 帰れっ！ 帰れーーーーっ！」

辺りに響き渡るような大声で志乃の母が叫んだ。その声が木霊《こだま》となって戻ってきた。

8.

東京《とうきよう》へと戻る車の中には、重苦しい空気が立ち込めていた。桜子を元気づけようと、裕太と美鈴は何度となく優しい言葉をかけてくれた。

「諦めちゃダメだよ、桜子ちゃん。僕は頑張るよ。橘さんよりもっと有能な霊能者を、何が何でも見つけ出すよ」

ハンドルを握った裕太が、ミラーの中の桜子を見つめて言った。

「そうよ。桜子、諦めちゃダメよ。わたしも頑張って霊能者を探す。だから、桜子も頑張ろうよ」

左側に座った美鈴が、桜子の冷たい左手を握り締めて言った。

「裕太さん、ありがとう。美鈴もありがとう」

小声で応えると、桜子は力なく微笑んだ。けれど、心の中にはとてつもなく深い絶望が広がっていた。

そう。おそらくは、何をしても無駄なのだ。たとえ誰に除霊を頼もうと、桜子に取り憑いた花野香織の霊を追い払うことはできないのだ。

やっぱりわたしは死ぬんだ……来年の桜を見ることはできないんだ……凄まじいまでに強い花野香織の妄執が、運悪くわたしに向けられてしまったんだ……これはもう運命なんだ……諦めるしかないんだ……。

後部座席のシートにぐったりともたれ、桜子はそんなことを考え続けていた。

もし、この除霊が失敗したら、自分はひどく取り乱し、みっともないほど泣きわめくことになるのだろう。

桜子はそう予想していた。

だが、不思議なことに、涙はまったく出なかった。取り乱すこともなかった。

疲れていた。ただ、ただ、ただ、疲れていた。


車が桜子のマンションの前に到着した時には、すでに星が瞬いていた。

桜子の部屋に今夜だけでも泊まりたいと言う美鈴の訴えを退け、桜子はひとりきりで自室に戻った。

おとといの夜から何も口にしていなかった。けれど、空腹はまったく感じなかった。自室に入ると、桜子は部屋の明かりも灯さず、着替えもせずにベッドに潜り込んだ。そして、たちまちにして眠りに落ち、泥のように眠った。

その深い眠りを破ったのは、近づいてくるハイヒールの足音だった。

あっ、来た。今夜も来た。

桜子は目を開き、暗がりに沈んだ天井を見つめた。

ハイヒールの音に続いて、「しんぷーん」という悪霊の声が響いた。そして、今夜も『恐怖新聞』が部屋の中を舞った。

桜子はサイドテーブルに手を伸ばし、笠《かさ》つきの電気スタンドを灯した。そして、ベッドに上半身を起こし、目の前の白い壁をじっと見つめた。

思った通り、今夜もそこに悪霊と化した花野香織のおぼろげな姿が浮き上がった。

『どうだ、桜子、わたしの力を思い知ったか？』

勝ち誇ったかのように悪霊が言った。

桜子は何も言わなかった。言いたいとも思わなかった。悪霊に早く立ち去ってもらいたかった。今はとにかく眠りたかった。それほどまでに疲れていたのだ。

そんな桜子に向かって、悪霊がさらに言葉を続けた。

『橘志乃は強かった。あんなに若い女が、あれほどの霊能力を持っていたのには驚いた。もう少しで打ち負かされるところだった』

桜子はやはり返事をしなかった。それでも、しっかりと目を開けて、壁に浮き上がった悪霊を見つめていた。

『もしも、あの女が醜かったら、打ち負かされていたかもしれない。たとえ醜くなくとも、あそこまで美しくなかったら、わたしは負けていたかもしれない。だが、橘志乃は美しかった。その美しさが、わたしを勝たせてくれたのだ』

悪霊と化した花野香織が、感慨深そうに言った。

桜子はやはり何も言わなかった。けれど、あと一歩で除霊が成功していたのかと思うと、無念の気持ちが込み上げてくるのを抑えられなかった。

『なあ、桜子。お前はあとどれくらい生きていられるんだろうなあ。クリスマスまでは生きられるのかな？　正月を迎えることはできるのかな？』

楽しげな口調で言うと、悪霊が笑った。嘲るかのようなその笑いが響き渡った。

エピローグ

『恐怖新聞《きょうふしんぶん》』が届き始めて半年がすぎた。桜子《さくらこ》の命は五十年縮んだという計算だった。

五十年分の年をとったというわけではないから、外見はほとんど変わっていなかった。それでも、桜子は自分が七十歳近い老人になったような気がすることもあった。

橘志乃《たちばなしの》の除霊が失敗したあと、桜子は自分の運命を受け入れようと決めた。

運命を受け入れる？

いや、簡単に受け入れられたわけではなかった。くよくよしたり、涙にくれたりする日もあった。感情が高ぶり、髪を掻《か》き毟《むし》って叫んだこともあった。

それでも、時間の経過とともに少しずつ、少しずつ、腹が据わっていった。

誰もみんな死ぬのだ。死なない人など、この世にひとりもいないのだ。ただ、自分は一般の人より、それが少し早いだけなのだ。

桜子はそう思うことにした。

命というものは、とても儚《はかな》いものなのだ。生きているということは、ほとんど奇跡のようなことなのだ。

桜子はそれに気づいた。そして、だからこそ、極めて貴重なこの生の時間を、精一杯生きていくことに決めた。

桜子はまた大学に通い始めた。身だしなみに気を使うようになり、毎日、入念に化粧をし、思い切りお洒落《しやれ》をするようになった。食事も作るようになった。美鈴《みすず》に誘われて、一緒にスーパーマーケットのレジ係のアルバイトをするようにもなった。

笑っていても、泣いていても、死ぬ時は死ぬんだ。だったら、笑って生きていこう。

桜子の考えは、そんなふうに変化していった。

美鈴は毎日のようにやってきた。そして、一緒に入浴をし、一緒に食事を作り、それを食べながら深夜まで話をした。

美鈴がいつもそばにいてくれるのは本当にありがたかった。美鈴と一緒にいると幸せを感じさえした。

美鈴はいつも『恐怖新聞』が届けられる前に、「桜子、またあしたね」と言って、笑顔で自宅に戻っていった。それが桜子との約束だった。

桜子も毎晩、美鈴を笑顔で見送った。本当は泊まっていってもらいたかったけれど、それを口にすることはなかった。

少し前に届いた『恐怖新聞』には、あしたの夜、橘志乃が滝壺《たきつぼ》に身を投げて死ぬと書かれていた。

えっ、そんな……。

桜子は心の中で呻《うめ》きをあげた。そして、一瞬、志乃が醜くなってしまったことを悲観して自殺するのだと考えた。

けれど、その直後に、その考えを捨てた。

悪霊《あくりょう》と化した花野香織《はなのかおり》との壮絶な戦いを目の当たりにした桜子は、志乃が醜くなってしまったことを悲観して自殺するような女ではないということを、誰よりもよく知っていた。

おそらく志乃は自らを恥じて死ぬのだ。悪霊に打ち負かされてしまった自分の未熟さを恥じ、自らの命を絶つことを決意したのだ。

いずれにしても、志乃が死ぬことになるのは、桜子がいたからに違いなかった。

そう。桜子さえいなければ、志乃はあんな目に遭わずに済んだのだ。

ごめんなさい、志乃さん。ごめんなさい。ごめんなさい。

桜子は床に正座し、涙を浮かべて志乃に謝罪した。けれど、桜子がしたのはそれだけで、間もなく滝壺に身を投げる志乃の元に向かおうとはしなかった。

何をしても無駄なのはわかっていた。『恐怖新聞』に死を予言された者は、何があろうと死ぬ運命にあるのだから。

十一月に入って最初の日曜日を、桜子は珍しくひとりきりですごした。親戚の結婚式があって、美鈴が鎌倉《かまくら》の実家に戻ってしまったからだ。

その日、桜子は部屋の大掃除をし、不用な品々を処分した。死んだあとで人に見られたくないものも捨てた。自分が夏を迎えることはないのだから、夏服もすべて捨てた。

掃除が終わった頃には夕方になっていた。

さて、これからどうしよう?

十一階の窓から外を眺めて桜子は思った。そして、すぐ近くにある駒沢《こまざわ》オリンピック公園に散歩に行くことにした。井本孝二郎《いもとこうじろう》が生きていた時には、ふたりで手を繋《つな》いでその大きな公園をしばしば散歩したことを思い出したのだ。

日曜日の公園には、たくさんの人々がいた。桜子はそんな公園内に作られた遊歩道をゆっくりと、一歩一歩、足裏の感触を確かめるかのようにして歩いた。

十一月に入ったというのに、きょうはとても暖かかった。それでも、夕方になって風が少し冷たく感じられるようになった。

歩いているうちに、西の空が徐々に赤く染まり始めた。やがて空全体が真っ赤になり、周りにあるすべてのものが赤く照らされた。

綺麗《きれい》だな。綺麗だな。

桜子は足を止め、真っ赤になった空を見つめた。これほど美しい夕暮れ時は、覚えている限り、初めてだった。

赤く染まった空を、百羽《わ》を遥《はる》かに超えているだろうと思われる数の鳥が舞っている。ムクドリの大群のようだった。

ムクドリの群れはさまざまに形を変えて舞い続けている。桜子の目に、それは群れではなく、ひとつの意思を持った一匹の生命体のように映る。

遊歩道の脇では、カンツバキやサザンカが咲いている。終わりかけたコスモスの花も風に揺れている。ねぐらに戻るスズメたちが、やかましいほどに鳴いているのも聞こえる。

足を止めて空を見上げていると、どういうわけか、涙が滲《にじ》んできた。泣くなんて、久しぶりのことだった。

悲しかったわけではない。目に映るすべてのものが、愛《いと》おしくてたまらなくなったのだ。目に映るすべてのものを、抱き締めたいような気持ちになったのだ。

わたしはいなくなる。もうすぐ、この地上から消えていく。けれど……けれど、今はまだ、ここにいる。二本の脚でここに立っている。

涙の滲む目で、朱に染まった空を見上げて桜子は思った。そして、今、ここで自分が生きていることを確かめようとでもするかのように、またゆっくりと歩き始めた。

（了）

あとがき

『恐怖新聞』の小説化の依頼が舞い込んできたのは、去年の十月のことだった。

僕は思わず身震いをした。あの傑作を、この僕が小説にするのだ。身震いせずにいられなかった。

僕は即座にその依頼を受けた。けれど、その直後から強い不安に包まれ始めた。つのだじろう先生と僕とでは作風が違いすぎるからだ。

つのだ先生の愛読者だけでなく、僕の本をいつも読んでくれている人たちもが満足できるような作品を、本当に書くことができるのだろうか？

そんな不安を抱えながら、僕はつのだ先生の原作を何度も読んだ。そして、『恐怖新聞』の不思議な世界にどんどん引き込まれていった。

けれど、読めば読むほど不安に苛《さいな》まれるようにもなった。

書けるのだろうか？　……いや、無理だ……やっぱり無理だ……僕には書けない。

原作を繰り返し読むたびに、その思いが募っていった。

やっぱりダメだ。やっぱりお断りしよう。僕には無理だ。荷が重たすぎる。

僕がそう決意しかけた時、信じられないようなことが起きた。早川桜子という美しい少女が僕の前に、そのおぼろげな姿を突如として現したのだ。

その奇跡に僕は震えた。あの時の僕にとって、彼女はまさに幸運の女神だった。

少女のおぼろげな姿が消えてしまう前に、僕は彼女を捕まえようとした。

あの時の僕は本当に必死だった。幸運の女神には前髪しかないのだ。もし、彼女を自分のものにできなければ、この仕事はできないのだ。

僕は彼女を追いかけた。追いかけ、追いかけ、追いかけ……ついに捕まえた。

そして、その瞬間、まだ一行も書いていないにもかかわらず、この小説はほとんど完成した。こんな奇跡が起きたのは、『甘い鞭』の岬奈緒子が出現して以来だった。

桜子という奇跡の少女のおかげで、この本はつのだ先生の世界観を損ねることがないだけでなく、極めて僕らしい作品になったと思う。

ああっ、桜子。君がいなければ、この本は絶対に書けなかった。ありがとう。


『小説　恐怖新聞』の執筆にあたっては、構想の段階からパルプライドの鈴木洋名氏に大変お世話になった。この場を借りて感謝したい。鈴木さん、ありがとうございます。

最後になってしまったが、『恐怖新聞』の産みの親であり、僕に小説化を許してくれたつのだじろう先生に心から感謝します。お気に召していただけると幸いです。

二〇一九年五月　雨上がりの横浜市青葉区の自宅にて　　大石　圭

Novelization

大石圭 *Ōishi Kei*

1961年東京都生まれ。法政大学文学部卒業後、企業勤務を経て93年に『履き忘れたもう片方の靴』で第30回文藝賞佳作を受賞、同作で翌年デビュー。以降、『アンダー・ユア・ベッド』『湘南人肉医』『檻の中の少女』『甘い鞭』、また映画『呪怨』のノベライズシリーズなど数々の作品を発表。エンタテインメント性の高い作品は数多くの映像化も行われ、19年にも『殺人鬼を飼う女』『アンダー・ユア・ベッド』が映画化されている。ほかの著作に『モニター越しの飼育』『奴隷商人サラサ　～生き人形が見た夢～』などがある。

Opus

『恐怖新聞』

『週刊少年チャンピオン』誌において、1973年から1975年までつのだじろうによって連載され、絶大な人気を博したオカルト・ホラーコミック。同時期に少年マガジン誌に連載されていたつのだによる『うしろの百太郎』と合わせ、一大オカルトブームを巻き起こす。日付の変わる深夜に届き、人の死や事件・事故など背筋も凍るようなニュースばかりが掲載された『恐怖新聞』。1回読むごとに100日寿命が縮む『恐怖新聞』が届くようになってしまった中学生・鬼形礼の運命を描く。90～93年には『恐怖新聞Ⅱ』として、02年には『恐怖新聞平成版』として復活も果たしているほか、ラジオドラマ、ゲーム、アニメーション（OVA）、三度にわたる実写映画化など多くのメディアで派生作品が生まれ、日本を代表するホラーコンテンツのひとつとなっている。現在も少年チャンピオンコミックスとして『恐怖新聞』全9巻、『恐怖新聞Ⅱ』全6巻（共に秋田書店）が発売されている。

Original

つのだじろう *Tsunoda Jirou*

1936年東京都生まれ。55年『新桃太郎』でデビュー。62年に『ばら色の海』で第2回講談社児童まんが賞を受賞するなど少女マンガで人気を博したのち、少年マンガ誌でペーソスあふれるギャグマンガを次々連載。71年連載開始の『空手バカ一代』からは劇画調の作風を強め、73年にオカルトがテーマの『恐怖新聞』『うしろの百太郎』を立て続けに大ヒットさせ、ホラーコミックの第一人者となる。その後も本格将棋マンガ『5五の龍』、大人の女性を描いた『銀座花族』など、幅広い作風で支持を集め続けている。

APeS Novels

APeS Novels（エイプス・ノベルズ）は、
株式会社秋田書店、株式会社パルプライド、株式会社誠文堂新光社の三社協業によって構築した小説を中心とする読み物を創り出すレーベルです。
常に進歩し多様化するエンターテインメントを追求し、あらゆる世代、あらゆる趣味嗜好をお持ちの読者の方々に娯しんでいただける、新しい活字メディアを創造していきます。

企画協力　株式会社 秋田書店
制作・編集　株式会社 パルプライド

APeS Novels（エイプス・ノベルズ）
小説《しょうせつ》　恐怖新聞《きょうふしんぶん》　NDC913

2019年7月26日　発　行

著　者　大石《おおいし》　圭《けい》
発行者　小川雄一
発行所　株式会社　誠文堂新光社
〒113-0033　東京都文京区本郷3-3-11
（編集）電話 03-5800-5776
（販売）電話 03-5800-5780
http://www.seibundo-shinkosha.net/

印刷所　星野精版印刷 株式会社
製本所　株式会社 ブロケード

ISBN978-4-416-71925-1